读客经管文库

长期投资自己，就看读客经管。

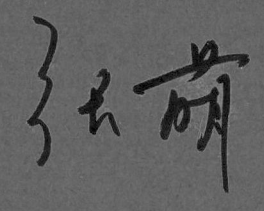

有**野心**的女性
真的会发光

张萌 著

文匯出版社

图书在版编目（CIP）数据

有野心的女性真的会发光 / 张萌著. -- 上海 : 文汇出版社，2024.5
 ISBN 978-7-5496-4240-3

Ⅰ. ①有… Ⅱ. ①张… Ⅲ. ①散文集－中国－当代 Ⅳ. ①I267

中国国家版本馆CIP数据核字(2024)第065828号

有野心的女性真的会发光

作　　者　/　张萌
责任编辑　/　邱奕霖
特约编辑　/　郭景　　洪刚　　何德泉
封面设计　/　贾旻雯
出版发行　/　文汇出版社
　　　　　　　上海市威海路755号
　　　　　　　（邮政编码200041）
经　　销　/　全国新华书店
印刷装订　/　河北中科印刷科技发展有限公司
版　　次　/　2024年5月第1版
印　　次　/　2024年5月第1次印刷
开　　本　/　880mm×1230mm　1/32
字　　数　/　180千字
印　　张　/　10

ISBN 978-7-5496-4240-3
定　　价　/　59.90元

侵权必究
装订质量问题，请致电010-87681002（免费更换，邮寄到付）

目　录

写作缘起　　/ 001
前　言　　/ 005

第一章　成为你自己

"悦纳"它的高峰与低谷　　/ 009
喜欢你自己　　/ 016
我只活一次　　/ 021
孤独的安全感　　/ 025
成为你自己　　/ 030
成为自己的欣赏者　　/ 034
你被知识塑造还是制约？　　/ 039
内核稳定是一种内在连接　　/ 043
别被习惯反制约　　/ 047

第二章　做梦的女人

恐惧与咒语　　/ 053
做梦的女人　　/ 059
匹配　　/ 064
被熏出的审美　　/ 068
精简衣橱　　/ 075
让每一刻流过你的时光都充满意义　　/ 079
第三种选择　　/ 084

第三章　去你家借本书

去你家借本书　　/ 091
香港小记　　/ 097
最贵的礼物　　/ 107
牺牲我，成全你　　/ 112
雇用别人的时间　　/ 118
恋爱脑李莫愁也挺好　　/ 123
让所有人都满意就不存在　　/ 127

第四章　孩子，抱歉我不是一个好妈妈

母亲与孩子　　/ 135
另一面原生家庭　　/ 139
一个独立的房子　　/ 144
孩子，抱歉我不是一个好妈妈　　/ 149
平衡是一个伪命题　　/ 153
选择的权利　　/ 158
浸润的力量　　/ 162

第五章　当命运的齿轮开始转动

时间的力量——写在 2023 跨年时刻　　/ 169
还是要相信　　/ 180
当命运的齿轮开始转动　　/ 185
成功的对立面不是失败，而是你从来没有尝试过　　/ 190
大胆假设，小心求证　　/ 196
人生密码——一"受"字足矣　　/ 200
BLACKPINK 演唱会的黑衣人　　/ 204

第六章　与人生中的矛盾做朋友

忘，是一种绝学　　/ 211
损失效应　　/ 217
纠结时，选择那个能带来改变的选项　　/ 221
换一个灵魂　　/ 225
好看　　/ 229
还是习惯　　/ 234
与人生中的矛盾做朋友　　/ 238
其实我并不需要那么多　　/ 242
拖延是一种策略　　/ 246

第七章　做一个生命体验者

写在 36 岁，一切才刚刚开始　　/ 253
假如把全世界的时间和金钱都给你，你要做什么？　　/ 264
创业 9 年是一场自我探索之旅　　/ 269
写给创业者　　/ 278
做一个生命体验者　　/ 285
健身经济学　　/ 290
人生是一场自我探索之旅：职业拳击赛（上）　　/ 295
人生是一场自我探索之旅：职业拳击赛（下）　　/ 304

后　记　　/ 311
附　录　　/ 313

写作缘起

18岁,我从浙江大学退学,为了实现当奥运会志愿者的梦想,后来如愿以偿地当上了奥运会火炬手。

19岁,我英文不好,但立志当第一,于是我制订了1000天小树林计划,每天早上五点读英语,最后不仅成了第一名,还当选为2008年APEC(亚太经济合作组织)未来之声英文演讲比赛的全国总冠军,参加了APEC工商领导人峰会,被《人民日报》等多家媒体报道,并早早就接受马云等知名企业家指导我的大学生涯。

26岁,我开始创业之旅。

30岁,我通过健康的生活方式,治愈了自己甲状腺的重度结节。

有野心的女性真的会发光

36岁,我被北京大学与香港大学联合培养博士项目录取,攻读工商管理学博士学位。

36岁,我成了一名职业拳击手,参加WBA(世界拳击协会)亚洲超轻量级职业拳击赛并获胜,在全球拳击官方网站BoxRec中记录,位列次蝇量级中国区第一。

37岁,我到哈佛大学商学院读书。我累计出版了14本书,连续7年入围当当影响力作家榜单。

一直以来,我都想写一本女性成长题材的书,好似与闺蜜们面对面喝下午茶,聊聊这些年我的成长经历,尤其是在面对巨大挑战的时候,自己的勇猛故事。这并不是一种"出厂自带"的性格,而是后天塑造出的刚性。

这些年我遇到了越来越多的女性,她们在财富榜上可能无法与那些男性世界的勇者相比,但她们都拥有精彩的绽放与超然的美丽。比如,我的一位哈佛同学,她是一家巴西能源公司的CEO,带着5个月大的孩子一起读哈佛,学业异常辛苦。我每天只睡3个小时,而她能一边照顾孩子,一边上课,一边处理公司各项事物,晚上还能跟同学们出去小酌一杯,她把一切都打理得井井有条。在一次女性午餐会上,我问这位不睡觉的妈妈:"天哪!你是怎么挺过来的,可真了不起!"她从容地笑笑,解释说这都是她自己选择的"平衡"人生。我有一位忘年

写作缘起

交,是一家香港上市公司的董事长,她80多岁了,却仍然扎根一线,追求着又忙又美又精致的生活。她说自己要永远绽放在企业经营的舞台上,直到生命的最后一刻。不追求与其他人雷同的人生版本,她们坚定地活出自己。纠结之后的洒脱勇敢,压力之下的从容自如,她们超越了性别的桎梏,做到了"成为你自己"。

我希望自己的首部散文集是有力量的,能够记录那些甚至不为自己所觉察的心境与那些狠角色的故事,让焦虑的灵魂不再孤独,让纠结的个体开始舒展,让徘徊的我们向前一步……

有野心的女性真的会发光

当我高高举起火炬的那刻,退学重考的心酸全部释然,我觉得这就是奋斗的意义。不要轻易低估你的梦想与行动,它们都有宝贵的价值与意义。

前　言

我经常会思考一个问题：人这一辈子的意义是什么？

我们来到这个世界，到底是来拥有的，还是来奉献的？我们是幸福的，还是不幸的？我们是成功的，还是失败的？

有一句话深得我心："成功的对立面，不是失败，而是你从未尝试过。"当命运的齿轮开始转动，人生总要经历突如其来的危难，想不到的困境每隔一段时间就会自己找上门来。一些人被动地承受，感受着数不尽的惊慌失措与惴惴不安，经历着不眠之夜，坐在房间里听自己的心跳，感受血液的涌动。

一个女性从选择创业之路的那一刻起，便选择了一条荆棘丛生之路。

走入港大－北大 DBA 工商管理学博士班级的第一天，全班

有野心的女性真的会发光

共 50 多名同学，只有 8 名女生，我惊叹，这么少的女生？在胡润百富商学院的学习者群体中，女性也是稀有物种。我坐在工商联的会长席中，环顾四周的男女比例，女企业家的身影更是寥寥。

女性本不是稀有物种，但到了特定时刻就成了特殊人群。

我追求多元化的人生，苏轼是我的榜样，他是一名政治家、诗人、画家、书法家、美食家以及美学家，我一直渴望成为他那样的人。在近 40 年的拼搏后，我也同时拥有着"女性企业家＋作家＋博主＋拳击手＋博士"的头衔，我的确写过很多关于如何实现目标的方法论的书籍，如《人生效率手册》《从受欢迎到被需要》等，可我从没有写过一本关于我的纠结、挣扎、彷徨与释然的故事，而正是这些感悟，铸就了我每一次的小成就。

我专门建了一个备忘录文档，用了几个月的时间来梳理这些年的宝贵故事。这些故事的写成不是一蹴而就的，在我穿越高峰与低谷的旅途中，是它们让每一刻流过的时光都充满了意义。这些故事包括那些眼中有光、心中有爱的日子，那些艰难困苦、拥抱阳光的日子，那些头昏脑涨、浑浑噩噩的日子……这都是属于我的日子，不论好的坏的，都值得被铭记，因为它们共同塑造了"张萌"这个人，一个矛盾、复杂且勇猛的个体。

张萌
2024 年 4 月

第一章

成为你自己

"张萌,
你只活一次!"

第一章　成为你自己

"悦纳"它的高峰与低谷

2022年是我的本命年，一整年磕磕绊绊，经历的困难比高光时刻多。年龄越大越信命，命里有就去追寻，命里无也不强求。我称其为一种智慧，不纠结的智慧。懂得放手，懂得适度，懂得不在意旁人目光，懂得倾听真实的自己。

前阵子出版社请我给某位老师录制生日祝福视频，他们把视频发到了官方视频号上，我一看是个合集，就打开视频看了起来，其中一位老师给这位女寿星的祝福是"只有生日，没有年龄"。我当时觉得说得很好，看评论区也有很多人重复这句话。昨晚又想起了这句话，念了一遍，有点儿不是滋味。

为什么"只有生日，没有年龄"？

小时候我盼着长大，迫切地希望自己长快点儿，能去读大学然后参加工作,自由自在地生活。那时候,我刻意把自己扮得成熟,让人觉得我压根儿不是个小孩儿。那时我总有一种错觉,认为对方会把我当成一位女士来对待。可我不知道的是,在那些成年人的眼中,我始终就是一个小孩儿。

我是从什么时候开始希望自己留住年龄的脚步来着?是否有这样一个时刻,希望自己回到20岁,或者回到30岁呢?我认真想了想,觉得还是不要回去了。20岁匹配的是20岁的头脑,30岁匹配的是30岁的认知,现在我37岁了,与之相匹配的就是37岁的标配。

"向天再借五百年"这样的憧憬其实并不美好,但凡交换都有代价。交换通常在等价的情况下才能持久,很多人喜欢占便宜或以小搏大,自以为收获了他人不曾有的收获,这就是一种非等价行为。

20岁时我很喜欢用"占便宜"的心态与这个世界交朋友。想少付出,多得到,结果就是得不到。那个时候活得拧巴,总以为自己付出颇多,应该得到更多,殊不知我的付出与收获根本不成正比。用更大的格局看,我的付出配不上我的收获,只不过运气比较好,得到了一些好的结果。

30岁时我还是没懂这个道理,每天很拼,很有干劲,想在这个世界干出一片天地:比别人睡更少的觉,吃更多的苦。我自以为这就是付出很多，可还是没有参透真谛，自己的智慧还在一个初级的水平上，没有跃迁。看似我得到了更多，但也只是用一些辛苦换来的收获而已。

我曾以为很了解自己，其实不然。

我认为自己很迟钝，有的时候不够灵敏。实际上，我是一个很有灵性的人，只不过小时候家长不希望我耍小聪明，希望我更加勤奋，他们耳提面命地对我讲了一些能促使我变得勤勉的激励语。

我认为自己天生不擅长社交。实际上，儿时父母担心我早恋，把我关在家里不许我参加聚会，那时我就停止锻炼自己的社交能力了。

我认为自己是37码的脚。儿时父母经常说，我走路常摔跤是因为我脚小，所以我的记忆就停在初中时候37码的脚上。即使后来工作了也持续穿了很多年37码的鞋，殊不知常常卡脚是因为鞋太小。

我认为自己只能扮演一个角色，做企业就是做企业，就像父母一样，一辈子做一份职业。殊不知每个人天赋不同，我也可以做成好多件事。

如果人生是一个圆，你已知的自己其实只是圆中的一个小点，大部分还是人生中的未知。不断探求自我是看见无数种可能性的方式。

是相信才能看见，还是看见才会相信？我是前者。

36岁这年我做了几件事，帮助我更好地探求自己。我找了位心理咨询师每周做心理咨询。跟咨询师聊自己，他总能从另外一个维度帮我认知自己，原来我是这样的一个人，既陌生又熟悉。这段探求之路很漫长，持续一年了我还是不太了解自己，但现在的我肯定比36岁时更了解自己了，心中冰封的雪山正在融化，长出青绿的嫩芽。与自我和解，才能拥抱这个世界。

我终于去打了场拳击赛，站在职业拳击舞台上去体验那份无法预知的美妙。台上的我并没有恐惧，而是冷静地旁观周遭发生的一切，我静静地观察自己，发现这个时候的张萌居然是一个很酷的人，她能把手中一般的牌尽量打好。虽然比赛很短暂，可每个画面至今都很清晰，印刻在大脑的每个沟回中。

坚持做一件没有商业价值的事情，一直做下去。直播连麦，每周两场，一年100场，两个晚上基本就别想做别的了。这不是一般的直播，需要你之前看很多书，从自己喜欢的书中精心遴选并推荐。我必须倒逼自己去阅读，让输入体量持续增大，这也是探求自我输入体量可能性的重要路径。我倒是想看看，自己到底还能拿出多少时间来阅读，我的最高水平是多少。

与爱人每天说我爱你。一个相识相知多年的人可否做到每

第一章　成为你自己

天如一？随着熟悉度不断增加，千古难题之到底还需不需要给恋爱保鲜？如果两个人都高速成长，很难不新鲜吧？陈旧的个体互相了解彼此，也只能在存量维度上互相增进认知，总有一天会到达终点。而裂变速度极快的两个个体每天相见时都会焕发活力，人的增量系统是让彼此保持新鲜的重要路径。

深度了解原生家庭。我从没有探索过我外婆、外公、父亲和母亲，但他们都参与了我成长的过程，是他们塑造了我本人。他们是怎样的存在，他们经历过什么，他们又是谁，为什么当年与我有这样的互动方式？这是一场奇妙的探索之旅，今年我第一次开始真正了解他们，并试图从过去经历的碎片中拼成一个相对完整的地图，这个地图就是我脑海中的他们。

7年来感受病痛的折磨。从泰国回来后，我就病了，每天咳嗽不断，连续3周，肺都要被咳出来了，甚至曾经引以为傲的高质量睡眠也被剥夺了，每天感觉只剩躯壳在公司、家与医院之间往返。我安慰自己，赢了比赛，进了医院，算算还是很值的，不能什么都是你的嘛！

报复性读书。去年年底我被港大与北大联合培养的博士项目录取，每隔一两个月就要去上课，现在已经开始筹备论文了。3年前被哈佛大学商学院录取，今年在生日前终于飞到美国上课了，踏入心仪已久的院校，感受着学习的魅力。

人生是海洋，是山川，是梦幻也是真实，它更是一场自我探索之旅。有的人在旅途中叹息，有的人徘徊，有的人迷茫，有的人欢快，有的人雀跃，有的人释然。在人生牌局上，不管过去与现在抽到了什么样的牌，出牌总是必须要做的事情，牌局的赢家必须是你自己，而我们真正能胜过的人唯有过去的自己。此刻，告别36岁，站在37岁新的起点时，我的心情是如此平静与坦然。接受一切，追寻过程，享受人生，"悦纳"它的高峰与低谷。

🥊 第一章　成为你自己

坐在教室里，我突然发觉，这就是我梦想中的校园。很多事情不必在意一时的得失，哈佛梦不一定要在高考时完成，它可以是一生的旅程。

有野心的女性真的会发光

喜欢你自己

35岁时,我开始对家装产生兴趣,有空的时候喜欢捣鼓一些家用物件,如丝绸、用旧的樟木箱子、一把手作椅子,还迷上了刺绣、编织、手绘、陶土工艺……

触碰它们,仿佛能感受到它们背后的故事,可历经沧桑,可踌躇满志,可悲痛欲绝,可欢欣鼓舞,它们都有人的身影参与其中,人的气感所带来的力量是无穷的。

我从小就罕有与人打交道的经验,上初中的时候,母亲怕我谈恋爱,基本阻断了同学们与我的联系,我只能在家读书学习。

我妈控制了我与其他人的社交距离,却无意中打开了我与这个世界的其他交流方式,《红与黑》《包法利夫人》《苔丝》

第一章 成为你自己

《悲惨世界》等世界名著，让我对世界未知领域充满了无尽的向往，渴望自己也可以成为一个自由的女性。小时候，我喜欢幻想，坐在书桌前，我幻想自己是一个转世仙女，以前在天宫有着神秘的使命，这次来人间走一遭势必要做出点儿成就。

文学是我与这个世界连接的开始，它让我看到了不同时期的美，我对那些拥有时代背景的物件十分着迷。2023年年初在日本静冈，我无意间在小巷子里发现了一家古董店，里面大大小小摆满了各类老物件，上面标有年代。我瞬时改变了剩余行程，在这家小小的古董店里贪婪地待了一个上午，这家古董店的每个角落都被我的目光扫描了，我仿佛看到了不同年代人们的相聚与别离。最后我生生扛回了一个小木茶桌，据说它已经有300年的历史了。这个小木茶桌上有好几处深深浅浅的裂纹，上面镶嵌着贝母与彩石，一看就是旧时的工艺，只不过历经风雨后，跟着不同主人的它，也经历了高峰低谷，这次漂洋过海从日本来到中国，想必也是它一生最长的旅途。我称它为"爷爷"，回到北京的家，我给"爷爷"准备了一块圆圆的草编毯铺在下面，希望给它称意的呵护。

还记得在机场等待它出关的时候，等了好久它都还没出来。全飞机的人都提着行李走了，也不见它的踪影，当时的我好焦急，生怕它被遗落在某处。然而那份焦急是美好的，担忧着一个物件，亦如担忧着一个人，物亦有情。

小时候与人的疏离，长大后并没有让我恢复对社会交往的热情，我依旧是一个人际断舍离的极简主义者。我选择了一份不需要与客户近距离打交道的工作，创业总有自由度，一个人可以在8000多种职业中选择你最喜欢的和社会最需要的。有人总认为选择很多，可是我估摸、盘算过，人的选择其实很少。你这辈子能遇到的人相当有限，尤其是像我这类不社交的，就更没什么社交机遇了。场面上遇到的，成为朋友的概率自然很低，而交往来交往去还是那三五老友，多年前沉淀的友谊不断在记忆中与现实里更新。

我太宅了，身边人唯恐我抑郁了，都劝我出去多与人交往交往。后来，我逐步摸索，也找到了新的社交方式，不如就做直播吧，与一些新朋友聊聊天，能聊得来就多聊两句，聊不来就不谈了。就这样，我一年做100场直播，风雨无阻，每周二、周四都在直播间对话某本书的作者。我挑选了很多自己喜欢的作品，在读书的时候总会想着背后写它的人的模样，我总是先在脑海中勾画一下作家的样子，然后把他请上直播间，一见面发现"原来您是这么有趣的人啊！"。有些朋友几年中反反复复地直播约见，算下来，一年能见上100位厉害的人，见多了就慢慢知道自己想成为哪个版本的人。

第一章 成为你自己

我喜欢那种有生命力的人，男性或女性，生命力是一种向上绽放的力量。看着他们不断探索生命中的未知与可能性，不断突破自己，自己也会深受感动。一位央视的女制片人黄澜老师，是多部知名影视作品的制片人，离婚后她重新找到自己，做一个爱自己的人。你知道吗，自己爱上自己都是需要力量的；能够与他人分享隐私需要坦诚，更需要勇气，一种"我就是这样的人，喜不喜欢无所谓"的勇气。不刻意讨好所有人，一种我最喜欢我自己的勇气，一种破土而出不在乎天地是否会倒塌的倔强。世间罕有这种勇敢的人，而黄老师是其中之一。看她的文字，跟她聊天，我也仿佛治愈了自己。

我刚创业的时候 20 多岁，总刻意装成一个"社牛"。那时候我经常举办各类线下活动，主营工作就是社交。但随着交往的人越来越多后，我错误地认识了自己，我以为自己是一个很擅长社交以及很喜欢社交的人，可直到 33 岁时我才发现，我一点儿也不喜欢社交，我只是把它当成一种谋生的工具，我真正喜欢的是独处。跟家里人聊聊天我很幸福，有时看着家里人各做各的事，甚至默默不语，也是一种安然。尔后慢慢地，我开始接受自己是一个"社恐"（社交恐惧者）的事实，我不仅接纳，更开始喜欢这样的自己，也开始慢慢转变公司的业务模式，启动了线上化进程。而今 4 年多过去了，我基本实现了无社交即可经营企业的工作方式。我只与自己喜欢的人交往，不做没必要的社交，也敢大大方方地承认自己"社恐"，并跟他人解释自己的状况，取得他人理解。追寻并找到自己真正喜欢的生活方式，并一以贯之地执行下去，这是我喜欢自己的开始。

胡慎之在《恰如其分的孤独》一书中说："了解自己是一生的课题。""清楚地认知自己，是我们与自己和解的开始。""如果我们更了解自己，更理解自己，我们将会对自己更温柔、更包容，给自己更多的肯定和认同。"此刻我看着镜子中的自己，做了近视眼手术后，我不能再戴美瞳，炯炯有神的大眼睛好像差了那么一点儿意思。但我又转念一想，你看到了一个更加清晰的世界，并迎来了自己全新的面庞。摘掉眼镜的你，是自己原本的样子，我对着镜子里的自己说："Hi，你好美！"

第一章　成为你自己

我只活一次

这是一句神秘的咒语，每当我迷茫困苦的时候就会说一说。它非常灵验，每当我说出来，便有冲破云霄的力量，踌躇满志的我就能勇敢地向前一步。

这句话是我从一个女性朋友那儿学来的。小学时我在私立学校读书，两周回一次家。从一年级起，母亲就要求我写日记。足球场、教室、盥洗室门口、宿舍、昏暗的楼道，到处都有我小小的身影。记得有一次二年级的晚上，我从睡梦中惊醒，想起还没写完当天的日记，推醒了隔壁床的发小儿，我唤她："我还没写完日记，你陪我一起写吧……"她迷迷糊糊地披了件衣服，悄悄陪我打开房门，两双小拖鞋在走廊里吧嗒吧嗒响起，我们走到教室，我写日记，她坐着陪我。写着写着，我们又嬉戏打闹了起来……

长大后，我们都在北京，每当我郁闷到极点时都会找她聊天。记得有一次在半夜，我跑到她家楼下，我们并排坐在她家小区的长椅上，北风呼呼作响，吹得我脖颈发凉。我痛哭流涕讲着自己的不幸，她静静地坐在另一侧，拍了拍我肩膀跟我说："张萌，你只活一次，别那么拧巴！

"张萌，你只活一次！"

"我只活一次！

"是的，我只活一次！"要对自己好一点儿。

这个世界谁会对你真的好呢？恐怕只有你自己。知道你的、心疼你的，只有你自己。

我喜欢李碧华，她的文字清醒深刻。长大后再读《青蛇》，跟小时候读到的感受完全不同，她笔下的白娘子完全是一个情痴，对待许仙的移情别恋以及各种出卖，一再包容忍让，甚至愿意献出自己的生命。这又何尝不是很多女性的真实写照呢？一生路漫漫，一生也匆匆，到底把生命献给了谁？白娘子情感不自立，在爱情中无法自拔，不懂爱自己，为了爱迷失了自我。小青也曾陷入爱情迷茫中，但她很快就找到了自己，看穿了真相。有的女人即使看到真相也不敢相信真相，自欺欺人度过半生，转头来又对自己付出与回报的不均衡悲痛万分。

第一章 成为你自己

李巍女士是刘永好先生的妻子,她的前半生都献给了家庭,后半生开始找寻自己的事业,开始做自己。她在书中写过一些女性问她的问题,如"为什么对老公付出爱却得不到回报?感觉自己很委屈"。她回答:"应该在社会价值奉献中找寻自我。"这句话很坦诚,这是李老师毕生智慧的凝练。很多时候,如果我们用计算付出的投资回报率这样的逻辑去衡量家庭、人生,恐怕能心安的朋友少之又少,就像我经营企业多年后得知了一个真相——大多数员工都会认为自己付出的比得到的更多。因为付出与回报都是在用极其主观的视角去做事物的评判,并没有一个绝对客观的视角可以衡量这一切。

但对于那些预期回报很少的事,要不要做呢?我们无法用数学定理去推导生活中的一切,而那句咒语在此刻就有了效果——"你只活一次"。

是的,我们只活一次。所以,我们要不要抓住此刻,把握住自己的每一个心动时刻?当你纠结彷徨时,需要的是前进一步的勇气。我经常跟公司的CEO这样讲,有时候就是需要我踢她一下,然后她就自然地往前迈了一步,生活也就迈出了一大步。回首这些年做企业的高低起伏,人生的悲欢离合,曾经那些"我只活一次,所以我就要……"的句式与行动都熠熠生辉,在生命长河中闪着金色的光芒,照耀着每一段幽暗与彷徨的岁月。

有野心的女性真的会发光

因为有了"我只活一次"的底气,我摘下了护头,抱着被毁容的决心,登上了职业拳击赛的拳台;因为有了"我只活一次"的勇气,我来到精英云集的哈佛大学商学院,努力让同学们了解来自中国的 Christina[1];因为有了"我只活一次"的勇气,这些年创业以来,我一直抱着"我一无所有,敢于从头再来"的魄力与决心进入一个又一个陌生的领域;因为有了"我只活一次"的勇气,我敢于在极其忙碌的情况下,重新攻读博士学位,挑战学术之路。

"我只活一次",这句咒语一定可以在某个时刻、某处地点,点亮你的心房,照亮前方黑暗的路途,你也将继续谱写人生新的续集。

---

1 作者的英文名。

第一章 成为你自己

孤独的安全感

当我 20 多岁创业时,那时的我并没有年龄焦虑,也不曾感受过那种威胁。当时虽能听到很多关于年龄焦虑的讨论,也有很多人拿年龄说事儿,造成了女性对年龄的恐慌,我曾私下评价它们为一种社会习气;可当我自己年龄逐渐增长,到 30 岁时,整日都能听到三十而立这样的鞭策,仿佛 30 岁就要自立成了每个年轻人的必选项。那个时候我的身体出现了严重的健康问题,并未自立。

三十而立,立的是哪些?我 30 岁时天天都在思考这个问题。

首先是经济独立。当你可以百分之百地承担自己的衣食住行,就达到了自养阶段,但按照《易经》的"颐卦"来讲,养有两个角度，自养与养人。自己能养活自己是每个人都需要完成的成年礼。30岁的我自然实现了经济独立，但我仍然没有达到自己内心的"立"。

除了经济上的独立，一个人的思想也须独立。那时候的我相当极端，考虑问题爱钻牛角尖，喜欢只从一个角度思考问题，很多行为更是只从自己的利益点出发，对很多建议与意见也不能真心听取，总是活在自己的世界中。那个阶段我做的很多事，如果放到今天那是绝不可能再次发生的。思想独立并不是只有一种思想，而是一个辩证思考的过程，是能从各处回归至原点与核心价值的过程，同时也是不断吸纳优秀的思想成果，扩大自己思想范围的过程。

那个时候，我正行走在哲学的入门之路上。从万千的迷茫痛苦不得解脱，到自己开始慢慢找到很多解法，那是我一段重要的思想发展期。

如果再加上一个指标，我会写下"享受孤独"。很多人忍受不了孤独时刻，习惯于群居，不能忍受自己与他人不一样，不能接受生活方式的多元化。而有些人即使在孤独时刻也会收获心安与幸福。胡慎之教授研究过孤独，他把孤独当成一种自我修行的学问。

我小时候第一次感受到孤独，是在私立学校，同学们总是

第一章 成为你自己

两人一排到外面列队而行。而我是班级里最高的,如果班级列队人数是单数,我就会被遗落在最后,成为队伍的尾巴。而如果排队人数为双数,我就有伴儿。我经常恐慌于列队而行,也体验着班级行走的不确定性。前面的同学总会有人请假不来。如果一个人请假,我就会落单,如果两个人请假我就会有伴儿……每天我都会盼着没人请假,能有人结伴而行。

我小时候到底在担心什么呢?也许是狼来了的故事。一个六七岁的小女孩被落在郊野的最后一排,突然在荒野中被人掳走也无人知晓吧。也许是一位坏叔叔将我掠去,再也无法跟爸爸妈妈相见。我脑中浮想联翩,我在落单与有伴儿中走完了小学时光。随后我转学了,父母经常不在家。而这时我的孤独又转化为一种全新的形式,即与我灰色的书柜成了好朋友。我家书房对着家门,楼道里有人上下楼梯都可清晰地听见。我经常打开书房门,在门口坐着读书,而家里的那道门就是我与外界的一堵安全墙。那一侧是未知,我这一侧是熟悉。在熟悉的环境中,我能找到雀跃时刻。此刻我虽然依旧孤单,但我与书相伴是安全的,因此不孤独。

到后来,我在北师大上学的时候,每天早上一个人到静悄悄的小树林里读英文;每天天刚蒙蒙亮,才五点多钟我就捧着书大声朗读。那时流行用复读机,听 VOA、BBC,我模仿着标准的英文发音,慢慢让自己的音质更靠近机器中传出的声音,那一刻我开始知道一件事:孤独能带给我成长。小时候的那道门消失了,我与外界之间的间隔变成了那片小树林,它包裹着一个女孩的成长梦。

前段时间跟一位同事探讨他的一套房子。他在河北买了一套房子,那是他送给他和妈妈一起居住的礼物。4年前他妈妈查出了癌症,他与妈妈一起,成了抗癌斗士。他付了首付,每个月几千元的贷款,往返通勤要3小时,每天车费要80元。后来他妈妈去世了,那个房子还没有装修,需要再付不到20万元来装修这套房子。

有次出差,在等飞机的时候正好与同事聊起了这套房子,我用公式给他算了笔账:①这套房子在未来10年内不会升值;②他每天3小时,每个月60小时,一年720小时花在毫无价值的通勤上,剥夺了他的健身时间、学习时间;③他每年还有1万多元的车费、近4万元的贷款,以及近20万元装修费要付;④未来这个房子还要再还贷款30年,而这段时间资金流动性几乎为零。

他很希望拥有好身体,我顺便又帮他做了一份规划,我建议40岁的他:①找出固定时间来锻炼身体,如一天拿出90分钟,请一个专业私教,一周锻炼4次,假设每次500元,一个月8000元，一年投资96 000元；②将房子卖出，省下装修款，用每个月给银行还的贷款去租房；③将卖房所得做一个带固定回报率的投资，每年盈余的投资收益转为健身费用；④自己额外省出的每天3小时投入学习一门新的技能和健身上。

第二天见面时，他说自己想了一晚上，他认为这套房子给了他安全感，他回到那里感觉是自己的一个家。这是一种感性的力量。而如果从理性的角度出发，一套未来没有竞争力的房产，一个通勤距离不友好的家，一份需要持续资金投入的贬值资产，反而需要迅速止损。

表面上看这是一套房子，但实际上，这是我同事内心的安全感。当他疲惫一天后能够回到属于自己的家，纵使他为这份安全感付出了巨额代价，他也觉得是值得的。为了这份安全感，人们会有动力去实现所谓的目标，这就是人性。

孤独，表面看起来是安全感缺失，但如果能够享受孤独，那你自然就会成为安全感的主人，成为围墙中的强者。

有野心的女性真的会发光

成为你自己

周末我参加了一场朋友聚会——露天泳池派对,游完泳后,开始聚餐。用餐席间,来了两位年轻的女孩儿,一个我不认识的男生招呼着她们,让她们依次坐在一个地产大佬的身边。接着这位男士就开始拉着两位女孩儿依次给席间的男性"大佬"敬酒,掏出手机来一一加微信。

过了半小时,其中一个女孩说一会儿有事要先走,这位男士对她说:"你别逼我说出那7个字。"我一愣,问:"什么字?"旁边一个人回答道:"离财富越来越远。"

女孩听了这句话,乖乖坐在了那里;等晚餐结束,还要继续陪大佬玩狼人杀。

"离财富越来越远"这7个字我第一次在这种场景听到,

第一章 成为你自己

引发了我的思考。留下并坐在那里玩了那场狼人杀,就会离财富越来越近吗?

我想转身抱一抱这个女孩儿,可我忍住了,因为我看到她仿佛也不在意别人这么说,且这句话对她很管用。后来我把这件事讲给家里人听,家人觉得我有点儿管多了,每个人都有自己的选择。

读金庸,我很喜欢他笔下的郭襄。虽然一些人会觉得郭襄一生都没有爱情,除16岁的那场烟花外,她并没有与真爱在一起,可我喜欢她就在于她正是通过这种"爱而不得"而拥有了一个广阔的世界,稀释了因自己的真爱成为别人的丈夫而带来的终身遗憾。

郭襄有她的生命体验,18岁离家,游历山川,默记《九阳真经》,自创峨眉九阳功,开创峨眉派;心思纯净,胸襟爽朗,她虽求爱不得,但拥有家人,也拥有事业,拓宽了人生宽度。金庸给了她另外一种人生高度。

我读过一本书叫《巴黎美人:我是我自己》,作者在书中采访了不同特色的巴黎女人,组成了一份鲜活的采访日记,其中讲到了巴黎女人都在做她们一生中最重要的事情——成为你自己。这句话看似简单,但留在了我心里。

还记得书中有一位14岁的女孩,她很早就知道自己是谁,她对生活方式的选择以及对生命价值的选择，都是带着哲理去思考的。2014年创业初期，我参加过外交学会组织的"中法交流活动"，活动期间认识了一些杰出的法国年轻人。他们告诉我，他们很早就开始学习哲学，而这也是考试中的必考内容。我惊讶地问他们，学哲学能给他们带来什么？他们答道，学会了思辨，让思考更有深度。而那个时候我尚未走入哲学的大门。创业初期我更多在忙生存，无暇顾及那些与直接性财务收入不相关的事宜。然而到了2016年，我的痛苦与日俱增，身体每况愈下，每日痛到无法入睡，检查出甲状腺多处结节，我才慢慢意识到自己的人生需要进行一个大调整。

我否定了自己2016年之前的一切，包括我的性格、我为人处世的方法、我对自己的认知，我知道我今天之所以遭此结果是因为我无意识地做错了很多事。那个时候，我开始重新定义自己，重新寻找我真正的自己。因此，我的自我探索之旅始于30岁，从那以后，我才认真地把自己当成一个研究对象来看待。

每个人都会觉得对自己很熟悉，但其实我们对自己很无知。我们的无知在于"我们自以为对自己很熟悉"。其实我们对自己并不熟悉，我们对身边很多人也是如此。你可以想象一下自己的枕边人，你真的知道他的想法吗？比如我们的孩子，你知道此刻他在思考什么吗？不过，了解他们都不及了解自己更为关键，因为你是唯一一位要陪自己走一生的人。这位合伙人是一生的合伙人，你更了解他一点儿，你们就可以共融共生得更长久。

我有时也会想，读书越来越多是不是一件好事？如果一个人过于渊博，会不会丧失自我的主体性，让他人的想法成为自己思想的外衣？

当然这些都是一生要探索的价值选择。找到最适合自己的位置，平和自在，远比盲从于别人的眼光，或者被别人PUA（精神控制）后内耗到折磨自己要好得多。如果是在2016年之前，我的好朋友放下一切带孩子远走他乡，我会觉得她不够精进；而今天的我看到她做了这个决定，我会在心底为她祝福，甚至还有一丝羡慕她的勇气。

有野心的女性真的会发光

成为自己的欣赏者

前段时间我看了一个新闻,一位上海的女士将自己为之打拼一生的房产售卖了,全用来做医美。有记者采访她,她说希望为自己换一个面庞。我看了这个新闻下面的评论,有一类人不能理解这位女士卖房的行为,认为这样是相当不值当的,房子更重要;有的评论说女人都避免不了衰老,年龄大了就应该接受事实,有皱纹的人生也很美。

在了解这个新闻之前,我并不知道有人愿意为自己的脸付出如此价码,尤其是在自己支付能力有限的时候。但了解缘由后,我认为这也是一个很酷的选择。她,一个成年人,为自己的人生做出了重大选择——脱胎换骨,哪怕一无所有,开始了一种新的人生。在她看来,如果换了一张自己更爱的脸,人生

第一章 成为你自己

境遇应该会完全不同。

我记得多年前就看过的一部安吉丽娜·朱莉主演的电影《致命伴侣》，讲述了一个男子刚结束一段恋情来到威尼斯疗伤，遇见了女主安吉丽娜·朱莉。结果女主是国际刑警，而这个男子是她的前伴侣，只不过男主换了脸，女主没有发现。可女主遇到他后，又爱上了新的他。这是一段美好的邂逅。虽然男主脸变了，但他最爱的女人又重新爱上了自己。

换一张脸，会不会拥有不一样的人生？

我觉得会的。

我小时候一直对自己的身体不满，记得上小学时班里来了一个光彩照人的女孩子，戴了一副金丝边眼镜。她学习很好，也很受同学们喜爱。我被她迷人的魅力吸引，觉得那一定是金丝边眼镜的作用。她经常用手托一下眼镜腿，继续认真地跟人讨论问题，那个样子真好看。于是终于等到周末，我央求萌妈给我买一副金丝边眼镜。

那个时候没有手机，不像现在一拍照就能搜同款，我又不好意思问她，于是就暗自在脑中扫描了那个眼镜的模样。萌妈说："你又不近视，为什么要眼镜？"我央求了很久她都不同意，感觉妈妈简直要让我和美丽离得越来越远。于是我就谎称我近视，看不清了，萌妈无奈带着我去了眼镜城。结果测量的师傅说："小朋友，你也不近视啊！"我指着视力表，摇着头连声说："下面真的看不清了！"在我的谎言下，终于配了一副50度的近视眼镜。

在柜台琳琅满目的眼镜框中，我一眼相中了那个女孩的同款镜框，指着它叫："就是它！"萌妈愕然，没办法她付了款，我戴上了眼镜，左眼右眼各50度，开启了我的近视眼人生。

我想一个人可能会因多种因素患有近视，而我是因为羡慕别人想接近美而近视的。谁知我到了学校，那个女孩儿发现我戴了同款眼镜很是恼怒，于是就换了一个银边的眼镜，并对我恶狠狠地说："我戴眼镜好看，你戴着可真难看！"

那个时候，我觉得自己是世界上最好看的人。可戴了眼镜之后，我才知道它的麻烦。上体育课，跑得快时，眼镜不断从鼻梁滑落，还得扶起，摘下来还会找不到……最后我坚持到小学毕业，等上初中时，终于有机会把框架眼镜摘掉，开始戴隐形眼镜。眼镜的度数也从50度变成125度，一路到了现在的425度。

我到初中才明白，人不是因为戴眼镜而好看，而是当时的我不知道有一种美是属于自己独特的美。成为自己的第一个欣赏者，才会遇见欣赏你的人。

今年看到了海蓝之谜的一句广告语："总有人嫌你不够好，

也有人觉得你哪儿都好,不用踮起脚尖,爱你的人自会弯腰。"像那位上海姑娘,她认为新的脸庞是自己最满意的样子,其实就很好,自己喜欢自己最重要。

最近在拍摄小红书视频,摄影师问我,张老师,你希望后期磨皮多一点儿,还是自然一点儿?我笑着说,带点小线条小皱纹,最好。每一处线条都是我"撸铁"的汗水,每一处皱纹都是我与岁月共舞的证明。

有野心的女性真的会发光

一个为了美而心甘情愿戴上眼镜的人,没想到在 37 岁拳击比赛后,又会为了打比赛做了近视眼手术……

第一章 成为你自己

你被知识塑造还是制约？

今天见了我哈佛的一位同学,她是一个家族企业的传承人,才 31 岁,已经取得了一定的社会成就。中国的欧洲签证中心,以及一些英国的女鞋、泳衣品牌都是她旗下的产业。她很美,健身塑形数年,小麦肤色,肌肉紧致,身材极好。我们见面的时候,她穿了一件露脐小背心,修长的手臂结实有力,小腹紧实有线条感,还是"撸铁小白"的我不禁问起了她在塑形健身方面的心得体会,她颇有心得地与我分享了长肌肉以及增加线条感的秘诀。

这时我们聊到了去哈佛大学学习的心得体会。她问我,张萌你最大的收获是什么?其实这次我从 Marketing(市场营销)课程中收获最大的,是创新的 2×2 模型。创新可以从产品和市场两个层面分为四个维度：一种是旧产品 × 旧市场，这种一般是既定的业务，传统业务线；一种是旧产品 × 新市场，像很多传统企业拓展新的销售渠道，都属于这个维度；一种是新产品 × 旧市场，这也是我现在发力的重点，不断为我们的用户寻求更适合他们的产品及服务；还有一个维度对我来讲也是全新的，即新产品 × 新市场。如何从全球视角来思考自己的商业模式，这便是我在课程后的深度思考。

	旧市场	新市场
旧产品	1	2
新产品	3	4

创新的 2×2 模型示意图

同学听我讲完，不停地给我点赞，她说你真好，已经落实到了行动上。她接着与我分享了她的故事，她做了很多业务线，前几年，将其中一家企业卖给了另外一个机构。她复盘了当年的谈判，说如果提前学到了哈佛谈判课，自己会不会做出与当年谈判场景中完全不一样的决定。

第一章 成为你自己

跟我这位同学谈判的都是资本圈的超级大佬,她一个小女生赤手空拳开了条件,完全没有任何谈判技巧,用的都是真诚。她将自己与双方的考虑都摆在桌面摊开来谈,就是这么一招,拿到了自己心满意足的条件。

她问我,你觉得如果我用上老师教的谈判技巧,会不会更好?

我直截了当地答:"当然不会。"因为大佬们都是"60、70后",而我这位同学是一个"90后",在谈判的历练与世事的经历上,显然不及前辈们老辣,这个时候最好的技巧当然是不用技巧。否则明明双方都在赤手空拳地打架,结果前辈们发现你开始用了剑,自然也会用剑来对付你。然而当年在她没有经过种种技巧历练的时候,在商业战场多年的她学会了看眼神,懂得用情商,也了解随机应变的魅力与价值。这些都不曾在课程中讲述过,都是实践出真知的成果。

所以,到底一个人是拥有更多知识更好,还是一无所知更好?拥有更多的知识,我们会不会反而被知识塑造,而丢掉了主体本来的意识特征?但完全没有知识,我们要如何过一生?

这个问题最近持久地环绕在我的脑海里。我拥有了许多别人的想法,但到底哪一种是我自己的想法?还是我本来就毫无想法,需要不断通过知识来塑造自己的思维?我的同学能做出正确的决策是出于创业修炼的本能；而如果辅之以课堂教授的知识，却不能全面掌握，只会用一招半式，则可能会有重大的疏漏。杨过早年受欧阳锋几式招数相传，小时候被欺辱时，偶尔可以发出一招半式，但有时就完全失灵。这种知识的学习就类似一知半解式的学习，这个时候所学的知识反而是可怕的知识。倘若只能看到局部，而无法看到整体，就会以偏概全，片面而武断。而充分占有知识这份生产资料，对学习者的要求又会很高，往往需要长期而系统的学习。

我想真正的知识诅咒就在于此，它像健身塑形一样，一旦学习就需要终生坚持。学习对很多人来说也只是阶段性达成里程碑的方式，而这类人只能把知识当成台阶，当达到新的高度时，知识就被束之高阁；再有新目标时，再启用全新的知识。而有一批这样的学习者，他们会坚信学习是一生的使命，需要用一辈子的时间来修行。好像庙宇中的僧侣，也像是路边百年荞麦面馆的匠人，亦如看尽世间沧桑的侠客，修行与知识同行，伴随生命之旅的绽放，将一生的闲暇徜徉于知识的海洋。这样就无须担心现在的知识不够，因为知识的总量，是一个人生命的长度。焦虑、迷茫、怅然若失都会慢慢消退，而全新的里程碑又会立起，那就是既塑造你又制约你的知识，在动态的人生之旅中，长伴你左右。

第一章　成为你自己

内核稳定是一种内在连接

读庄子《逍遥游》,看到一句话:"举世誉之而不加劝,举世非之而不加沮,定乎内外之分,辩乎荣辱之境。"瞬间通透,尤其是第一小句,"举世誉之而不加劝",乃人生至高境界。很多人都会认为,在人生困难时刻,不要灰心丧气,重新迎难而上是一种境界。而还有一种更高的境界,便是当你在人生得意之时,依然能够正确地看待自己。

每个人都有一条绳,它的一端连接着你的内在世界,另一端连向外部世界。内在世界是你稳定的大本营,如山间小屋,任风雨飘摇或是晴空万里,它自岿然不动。今年去了日本轻井泽,到访了一座林间别墅,它是由一位加拿大传教士于1888年建成的第一座轻井泽别墅。一个小木屋,外面是青苔森林,里

🔴 有野心的女性真的会发光

面是木质桌椅,冬天看白雪皑皑,秋季看满眼红叶,夏季看不同层次的绿,春季看万物复苏。它见证了100多年的风雨,它没有变,等同于一个人的内核。它知道它的使命,知道要去往何方,知道怎样最开心,怎样最痛苦。它有自知之明。

小屋外面的世界变化莫测。人世间跟季节不同,季节的变化是有规律的,有次序的。而人世间的变化是没有定数的,与个人主观意愿无关。有时人生越不想要什么,越会来什么。相对应地,你越想要什么,也许越不会到来。

有一年,我在效率手册上写了年度计划,与相爱的人计划好了一切,对方很支持也很喜悦于我们共同的目标。可时间到来,我们的共同计划却发生了逆转,我们曾经都非常想要的一切,转眼烟消云散。那段时期是我的低谷期,我经常坐飞机,从舷窗看到穿梭在云海里的自己,看着百变的云朵,目光就定住了。我执着于自己想要的目标,却忽略了外部环境的变化。当有一天,二人的共同计划中,一个人悄无声息地发生了变化,这时,不要责怪自己。共同计划不能实现,不是人生的一种失败,它只不过是让你重新审视这个"共同目标"(是不是你自己的目标)而已。如果你真的想要这个目标,那有没有人一起实现,其实无所谓;是不是他,其实也不那么重要。重要的是,你是否很在意这个目标,这个目标是不是你心中的"小屋"。

第一章　成为你自己

后来我认真地反思，审视了自己的内心，发现我真正想要的还是这个目标，只不过跟我一起实现的人——这个外部环境变化了，可这个目标依旧是我心向往之的目标。我决定自己去实现它！当我做了这个决定后，瞬间释然。虽然外部环境变化了，我实现这个目标的速度会变慢，但只要这个目标还在，我还是很快乐，每天离这个目标越来越近，也会非常喜悦。

一个人知晓一些道理，必然要经历痛苦，而不是快乐。"举世非之而不加沮"，痛苦来临的时候，问问自己这个"小屋"是否还在。痛苦是外部世界，小屋是内在世界。人生的悲欢离合是外部世界，自己的理想与目标是内在世界。在哪儿，都可以快乐。

这周我又参加了一个闺蜜的婚礼，她是83年的，早年在我创业转型的时候帮过我，还记得当初她从大厂离职的时候，没有丝毫的犹豫，立刻就开始跟我创业，每天没日没夜地干。前段时间见了她跟她的先生，她的先生是一位加拿大的社会学者，闺蜜是北京人，一直在超级大厂做高管，她跟先生分分合合十余年，两个人最终还是选择走到一起。

她是一个不管在哪儿都能收获快乐的人。这些年看着她人生的高低起伏，总觉得她处处能找到乐子，一个小脏摊能让她很开心，豪华五星级酒店她也很愉悦；一双20块的花布鞋她穿着很合脚，奢侈品她用得也很趁手。在跟她先生分分合合的数年中，她依旧很快乐。而开心，成了她人生的代名词。前段时间我与一位哈佛的同学喝了下午茶，她说："张萌，我别的本事没有，但如果你想玩，活得开心，我可以帮你。我是一个可以让你很开心的人。"她还说："虽然我事业压力很大，但开心就是我生命中最重要的一件事。"

我30岁前很反对这种价值观，我认为一定是"空乏其身，行拂乱其所为"才能有所成就。而新一代的厉害的女性，她们不再"苦苦"坚持，而是更具有松弛感。松紧相当，张弛有度，游刃有余。她们选择事业以开心为标准，做事以开怀为目标，这些年来我观察到这样的女性很快乐、很自如，也很有成就。我这才逐渐明白，成功不止有一个古老的版本，那个过去的"苦苦"的传说，也可以变成"酷酷"的现实。这与是否努力无关，努力是前提，开心是沙拉中的佐料，让健康的底色有一丝愉悦之妙。

写到这儿，我心中的那段绳子，被内与外同时弹拨了一下，内核纹丝不动，外界天翻地覆，我也能自带笑容。

别被习惯反制约

我之前出了好几本书都是讲人们要拥有好习惯的,如早起、运动、阅读,我也一直以有好习惯自居,直到那天看到了香奈儿的广告语:"世界上最牢固的感情不是我爱你,而是我习惯了有你。"

原来,习惯的力量,很可怕。我说的可怕,不是说 amazing,要遵从的那个很厉害的样子,而是它的威力超出了我们的想象。如果两个人是因为习惯而在一起,并不是因为爱,会不会让我们忘掉初心?

惯性的特征,在人类行为上的具体表现就是习惯。百度百科上有这样一段描述:"惯性代表了物体运动状态改变的难易程度。"也就是说惯性越大,物体运动状态越难改变。人们越习

有野心的女性真的会发光

惯，就越难改变。

那么习惯，到底是可爱，还是可怕？

诚然，我们需要很多好习惯，在当下人们内心越发不稳定的时候，需要为自己建立一套良好的行为模式，让自己生活在秩序感中。不论是我们平时的学习、生活还是工作，在有秩序的情况下，我们都会取得符合预期的成果。但如果外部环境在变化，这套秩序就难以保持了。我以前特别反感出差，因为出差意味着我要更换睡眠环境，进入陌生空间，呼吸陌生人的气息，吃陌生人做的饭菜，一切都改变了。所以我是那种能不出差就不出差，尽量稳定在一个空间中不做移动的人。我想，稀有动物之所以被称为"稀有"，就是因为外部环境变化太快，它们不能适应时代变化，被"适者生存"法则淘汰了。

自人类世界发展以来，有很多被淘汰的先例。跟不上时代变化，适应不了新的商业模式，很多企业被时代淘汰；跟不上政策调控后新的营商环境，很多细分行业在市场中逐步消失；追不上时代对个人发展的新要求，很多职业人士被用人单位无情地筛选掉；跟不上身边人行走的步伐，夫妻中的一半与另一半渐行渐远……

习惯，从某种意义上来讲，意味着过于舒适而关掉了"不安"的意识阀门。在丛林时代，荒野中被凶猛动物追逐的个体

第一章　成为你自己

有持续奔跑的体能,有眼观六路、耳听八方的灵敏。在农耕时代,定居一处,人们获得了安稳与舒适,失掉了灵敏。脂肪囤积越来越多,肌肉率逐步下降,奔跑速度骤跌,于是健身成了一种反人性行为。

很多人刚开始工作时,充满激情,可慢慢成了习惯,就会因惯性而放弃思考,比如我到底为什么工作?我是否需要一份工作?爱情,原本是蝴蝶双翅震动,可慢慢习惯有你在身边,终有一天也要开始思考:为什么我们要在一起?忘掉了因爱而在一起的初心,反而去相信两人关系终将会趋于平淡而冷静的"岁月安好"。

习惯,一张脸是惊喜,一张脸是惊吓。

洞察力是解药。一旦觉察到自己是在无意识的状态下做一些事情时,就需要停下来思考:自己是不是又进入了惯性中?这种惯性的反作用力是什么?对那些重复去做的事情多一丝观察,习惯成自然不一定都是美好的事情,自查是发现自身惊喜或惊吓习惯的有效措施。想明白这个道理后,我就把小雷达放到了脑袋上,像哆啦A梦的飞行器,时刻探测着无意识之事的发生。《神雕侠侣》中,杨过闯入绝情谷,与公孙绿萼在花丛中并肩而行,心中不由得想起姑姑小龙女,如果她在身边,杨过便愿意终生不离开山谷,与她永不分离。这时他顿感身体如被大锤猛击之痛。绿萼说，中了情花之毒，一个人用情便会有剧痛。在金庸先生的剧本里，无意识的力量被显性化了。

我想，金庸先生一定觉察出自身的惯性——想念一个人，挽起他的手，每天行走在江湖。它们不为人所觉察，也没有一个探测器可以随时提醒我们，世间便有了绝情谷，将无意识变成一种显性的力量，随时提醒着人们那些惯性的力量正在悄然释放。

写到这儿时，我的一位忘年交姐姐给我发来了一段信息："不能被情感困扰，可遇不可求，随缘的。爱情、婚姻是两回事，我们过来人的体会，千万不要被情感绑架了，这只是人生中一个体验的过程。激情是短暂的，更多的是自娱，自己要开心。有几个知己，享受孤独，也是乐事。不强求，不勉强，对得起自己，对得起父母兄弟姐妹，就不遗憾了。"

第二章
做梦的女人

"不要对错误的人，去要他没有的东西。"

第二章 做梦的女人

恐惧与咒语

昨夜又做了同样的梦,这个梦在我儿时的记忆中长存,已有 20 多年。

我小时候的家在一幢四层板楼里,楼道很黑,灯常坏。每天放学回家我总会从一楼冲到四楼,我总觉得后面有人在追我,每次上楼都以最快速度进家门,开门那刻我就会迅速蹿进去,然后紧紧关上门,将它反锁。我转过身,透过门镜看向楼道,总想一查究竟,看看那个跟踪我的人到底长什么样。

我在这个老房子里住了很多年,后来我们全家搬离了这里,但我的梦境没有离开,它反反复复来,即使我已然成年,我也会时不时地回到儿时的家——昏暗的楼道,被惊吓的小灵魂。近期我又开始做这个梦了,并给它延伸出很多续集——梦

有野心的女性真的会发光

里的我又回到家,坐在阳台上,看到了一群黑衣人拿着不锈钢棍子冲上了楼,逼近我家门口,砰砰砰敲着门。我从门镜往外看,只见一个凶神恶煞的女子在用钥匙开门,我赶紧握住门把手,使出吃奶的劲儿往里拽着门,但我太弱小了,顶不住她的猛攻,眼看她就要把门打开,我突然被吓醒了,满头大汗。

早起与家人讲起我的梦,他听我讲这个梦已经很多遍了,每隔几个月我就会重新梦一遍,全都是儿时的小楼、黑暗的楼道、要冲进来的坏蛋。他说:"我可否进入你的梦?你带我进去,我帮你制服里面的坏人。"他又问我:"你为什么不敢直面里面的坏蛋?

"你现在已经长大了,你还学会打拳了,不再是那个担惊受怕的小女孩儿了。下次再回到梦里时,可否试着去打开门,跟那个坏蛋拼一场?"

是啊,我长大了!我不再是那个小女孩儿了。他接着说:"我的梦,我可以做主!你也可以使用魔法,打败那个坏蛋!

"来,我教你一句,Ridiculous!"

"这是什么?"

"小时候学的,教给你,"他拿起一根筷子,向下一点,仿佛指着那个女巫,一边说,"Ridiculous!来,跟我一起读,R-I-D-I-C-U-L-O-U-S!"

第二章　做梦的女人

居然可以这样想？下次再见到这个坏蛋，我一定要记住这句咒语，说着抿了抿嘴上粘的饭粒。晚间我又想起了这句咒语，觉得很受用，重复记忆后，希望晚上继续做这个恐怖的梦，把真实世界学到的这招儿用上一用。可直到今天，我都没有用上这个方法，我反反复复期待遇到这份恐惧，可命运始终没有给我这个克服恐惧的机会。不过，也许我已经克服了它，所以它才不再出现。

我从初中开始学习美声，之所以学习美声是因为我妈说我必须有一个音乐爱好。我从四岁开始学钢琴，一直很反感，直到初中变了声后，我跟萌妈申请，可否学习一项我真正喜欢的特长，于是就开始学习美声。到高中时，我每天上学趁着中午的休息时间到附近的音乐学院上课。没过几年我开始考级，一路顺利，直到遇到了八级考试，其中的必选曲目中有个降B的高音，总之它就是很高，很难唱，需要每天重复练习。我练了好久，仍然没有攻克这个高音，很是愁苦。

突然有一天，音乐学院的院长走到我练声的琴房，对我说："小萌萌，你试试看唱更高的音如何，比如 High C（比之前降B还要高两个音阶呢）？"我瞪大了眼睛说："院长，我现在的情况是自己连这个降B都唱不了，怎么唱更高的音阶呢？"院长说："你试着唱一段时间，然后我们一起来看看效果。"

院长是我很崇敬的歌唱家,他培养了很多优秀的学生,我相信他的话。于是我每天就信以为真地反复练习更高的音,奇迹般地,突然有一天我居然弱弱地唱出了这个高音!!我兴奋极了,接着再唱,它又消失了,我失落至极,但至少知道自己可以唱出来了。于是我又多加练习,一周后,居然又唱出来了。这个时候,萌妈与院长都在身边,他们为我鼓起掌来。院长悄声对我说:"你要不再试试那个之前没有攻克的降B?"

我带着畏难情绪,有点儿胆怯,不敢尝试。这时,我心想:我连更难的都解决了,也许这次我可以搞定那个"看似更容易"的。这时候我就可以很自如地唱到降B了。

天哪!它竟然丝滑地从我的嘴中哼了出来。我就是这样搞定了降B,也顺利地考了八级,后来又继续训练,考了美声最高等级。之后的日子里,我在声乐领域也越发自信,老师都说我是一个很有天赋的学生。我上了一级又一级台阶,拿了很多奖项,包括一些重要赛事的金奖,这些都是我上大学之前的事。

后来我就继续用这套方法来克服困难,我发现很多人的恐惧都是由困难带来的,每当自己不能解决某个问题的时候就会心生恐惧,心生恐惧就开始绕道走,不直面困难;绕道走自然无法实现既定目标,于是开始怀疑自己,更丧失了自信。这都会不断加强自我暗示,逐渐形成一个恶性循环。每当再次经历

第二章 做梦的女人

困难的时候，就更加恐惧这个困难本身，形成了绕道走的行为习惯偏好模式。

我要讲一下我合伙人的故事，还记得2020年我们遭遇了很大的困难，那个时候困难来了，她说自己肯定解决不了，于是又要开始"绕道走"。我跟她说，困难解决不了只有一种可能性，就是自己的智慧不够，智慧不够可以"借智慧"，通过别人的力量来解决问题。这个时候她相信了我，我们一起解决了这个巨大的企业危机。尔后她反思自己，对我说，她从小到大，每每遇到无法解决的困难，就要选择放弃。通过这件事，她终于明白了，在遇到困难的时候要选择增长智慧，借着智慧把现有问题解决，未来再遇到这个问题就不会难倒自己了。我很欣慰，她30岁刚出头就明白了这个道理，而我遇到过很多人，一生反反复复被这个问题困扰，始终不能在困难中完成自我升华。

请记住一句咒语："遇到困难，是因为自己的智慧不够，而我可以借智慧。"

事业对我来说是修炼自己的道场，我的很多品格都是在这个道场中变得越发坚毅的，如遇到困难的韧性，如做人做事的格局，如包容与自己价值观不一样的存在，如无条件的乐观主义，如敢于放弃一切从头再来的勇气。这些都是我在遇到困难时不绕道走而磨砺、淬炼出的品质，我正是凭借着这些品质才能在梦想清单中挨个儿打钩。

我会不会变得更强？请你一定要问自己这个问题。当然，只要给我足够多的时间，总可以将自我预言实现，这是一份人生底气，更是自信的态度，它靠小事训练，在大事中完成自我检验。遇到困难，请想起这句咒语——Ridiculous！

我从小读书的习惯是萌妈帮我养成的，稚嫩的面庞下，也有书卷气。

第二章 做梦的女人

做梦的女人

我是一个特别喜欢做梦的人,我说的梦不是白日梦,而是每天晚上的梦。基本上,在 80% 的夜晚梦境中,我会迎来史诗级的大片,或魂牵梦萦,或惊心动魄,或跌宕起伏,或五彩缤纷。我的梦境题材中,爱情故事最少,战争题材或宏大叙事的历史题材居多。

我从小就有做梦的习惯,33 岁以后更甚,几乎每天晚上都有大片上映,每每睡前自己都兴奋不已。一秒即睡的能力跟随我多年。可这一切都戛然而止于 37 岁生日后的第一个月,我搬到新居所后,梦境奇迹般地消失了。不做梦的夜晚于我而言就好像没睡一样,每天早上起来都筋疲力尽,仿佛从昨夜睡下后,我一直疲于劳作,直到第二天清晨起床。我白天工作很是辛苦,而无梦的人生,它的这一个 24 小时与下一个 24 小时之间无缝衔接,每个白天与黑夜不再有清晰的界限,一个接续一个……

我开始自我怀疑,为什么自己如此痴迷于梦境?梦境于我而言到底意味着什么?

梦是我的第二人生。白天我有自己的身份标签,我是张总,是张萌老师,也是很多人眼中的萌姐。可梦里我是将军,是英雄,我并不知晓自己的性别,也没有固定职业,我总是上刀山下火海,偶尔也有超能力。梦里的自己,无疑拥有更惊心动魄的人生。

我努力把现实的人生活成梦境,可自己受制于很多,始终无法完整拥有梦中的人生状态。现实中,我活出了一些人口中的过山车式人生,可我深知自己离梦境中的自己相去甚远。梦里的我是救世的大侠,所到之处即使充满疾病荒芜,我也从不屈服,努力惩恶扬善。梦中的我也不是理想中的我,更有深深的恐惧,如小时候黑暗的老楼道、坏人紧随其后的脚步、妈妈的训斥,这些让我恐惧的事还是会定期来困扰我。每当我起床后回忆起这个梦,就会很气恼,明明我已经长大,为什么还会如此恐惧这样的小事,内心深处也期盼着恐怖的梦再一次到来,看看自己是否有勇气来坚强回击。

梦中的不确定性好似人生抽签,你不知道自己究竟抽的是

第二章 做梦的女人

什么签。但它的有趣性是以天为单位的,不论结局多么糟糕,第二天早上四五点钟一定会结束。我只需要接受它是一个有限的惊悚游戏。而现实中的自己,每天做大量的重复性工作,虽然生活的跌宕起伏也不小,可放在以年为计量单位的情况下,就没有那么多波澜起伏。更关键的是,生活并不是一个有限游戏,玩不好还需要接着玩下去,没有一个严格意义上的停止。并不是所有事情都有它的开始与结束,更多时候,在无限游戏中,我们无法决定好事何时开始,坏事何时结束,甚至暂停键都无法按下,有时候只能无助地看着万事发生,自己如透明人一般,无法令其加速也无法令其倒退。

这就是生活,比梦更失控。

有一个新同事陪我出差,路上问我:"萌姐,你有没有特别颓的时候?"我回答说:"没有,我大多时候相当正能量。"

我顿了一下,想了想自己的回答是不是真实。是的,我确实没有颓废时刻。如果有的话,那也只是一种想法,一念之间就结束了。这种"摆烂"时刻只存在于我无法控制的事情发生时,如事业、家庭、爱情、健康等方面的突发事件在平静的生活中乍现时,这种放弃的情绪也许存在,但不过一秒,就立刻消失了。因为现实中的我更明白,生活是责任,一个人其实并没有太多选择权。比如你居住的城市,如果有父母需要赡养,中国的文化是"父母在,不远游"。比如你选择的行业,大多受制于自己的习惯,你总在自己的舒适圈(如专业、经验等)寻求自己的位置,其实并没有太多选择。比如家庭,家人的生活都有自己的轨迹,随时会出现相交线变平行线的情况,历史与现实中的例子比比皆是。比如爱情,在大千世界中,寻觅到一个真正合适的另一半的概率少之又少。如果有幸找到了你的另一半,他越是厉害,就越处在食物链的顶端,面对的新奇事物也越多,机遇也越多。如果他的水平不高,而你跃迁速度很快,那他跟你的差距自然会越来越大。这些都是自己不受控的时刻,你越是用力,也许离理想中的自己越远。

我这位同事又问我:"萌姐,你为什么这么热爱读书与健身?"平时出差时,我每天工作18小时,还要健身90分钟才肯睡觉,她十分不解。我回答她:"这两件事,当然也包括写作,是我能掌控的为数不多的事,我只需掌控好我自己,即可在这些不确定性中把握一丝确定性。"肌肉的美妙形态可以通过刻意练习来雕刻,知识的储备可以通过阅读来积累,文笔与思想可以通过大量试错而越来越接近自己理想中的状态。

尽管生活中大多数事情都在不确定的范围内,但我们仍然可以把握确定性的部分。面对不确定性,我们的态度不应是排斥,而应该是拥抱。

第二章 做梦的女人

正如《霹雳娇娃》2019版中的那样,我们生命中所遇到的一切都是不确定的与注定的,不确定的是我们不知道它的发展节奏,而注定的是故事结局。我们都将离开这个世界,创造一些价值,与你同一时代的人共享繁华与寂寞。

从"细白软"到结实有力,健身是会给你1:1完整回馈的投资。

匹配

前几日参加政府组织的"青年精英见习计划"活动，参与者都是来自全球名校的学生，有本科生、硕士生以及博士生。活动邀请了一些青年导师为年轻人分享找工作的经验，我也在其中。

其中一位导师叫袁岳，他讲："年轻人想找到好工作，最重要的就是懂匹配。什么是匹配？他说，王八看绿豆就是一种匹配，一个人特别丑，条件不好，但你就是喜欢他，这就是一种匹配。"

柏拉图在著名的《会饮》中，假托古希腊戏剧家阿里斯托芬之口讲述了"圆球人"的故事，人原来有一种类型是圆球形的，一个脑袋，但其他器官都是现在的两倍，比如有两张脸、

第二章 做梦的女人

两对耳朵、四只手、四只脚。圆球人的本领太大了,想要推翻上天的统治,宙斯很聪明,他想了个办法,让人继续活着,因为还需要他们去供奉诸神,但他把一个人劈成了两半,于是有了今天的人。每个人都是一半,都在努力找回自己的另一半,所以有"我的另一半"之说。而这世间的男男女女都在不断追寻着对自己来说对的人。

可这只有两个结果,就是找对了以及找不对。对于爱情,我的情绪是复杂的,我觉得它是很高级的配置,而自己不一定能够配得起这种人生配置,因为拿得起并不意味着你可以轻松地放下。

一个人可不可以凑合过一生?我记得一位友人跟我分享他妻子跟他讲的话:"所有夫妻到头来都一样,千万不要预期太高。"著名作家萧伯纳也说:"想结婚的就去结婚,想单身的就维持单身,反正到最后,你们都会后悔的。"

后悔,我们的人生要不要后悔?

我做过很多看起来一定会后悔的事情。2005年我考上了浙江大学生物医学工程专业,那是一个非常有前景的专业,也是当年全国排名第一的专业。可我志不在此,18岁的我为了一个梦想就退了学,毅然决然回到老家沈阳复读。只因为当年的我被通知在浙江大学是当不成奥运会志愿者的,只有奥运会举办

有野心的女性真的会发光

城市的大学生才有机会。

得知这个消息后,我就如泄了气的皮球。那个时候杭州天气很热,夜间也有29℃,宿舍闷热异常,每天我骑车往返于各个教室。我还记得图学工程课程,一个人要背着长长的尺子,并把它插在书包里去各处上课,同学们笑我像忍者神龟。我确实是忍者,在那里整日煎熬,我想着自己在初中就怀揣的奥运梦想,而现在本应到了实现梦想的时刻,可我却不知在这里做些什么,我对得起自己的梦想吗?当时在浙大的我丢失了梦想。

我不是一个能凑合的人。还记得有天早晨我起来吃早餐,喝了一碗甜汤后,不知心底哪儿来的勇气,一个声音微弱地发出了:"退学吧!"我意识到后,自己被吓了一跳。这个声音在随后几日并没有泯灭,反而越来越大,直到夜半时分,响彻我耳畔。那个时候我正担任班长一职,经常要参加学校举办的社团活动,夜晚归途上的我如行尸走肉,眼里没了光,我没有了梦想。

尔后我就开始行动,迅速办理了退学手续,回到家乡开始复读,并参加了第2年的高考。进入北师大后,我做的第一件事就是去报名奥运会志愿者。上天不会辜负任何一位辛苦付出的人,我不仅实现了梦想,还当选为奥运火炬手。当我在内蒙古赤峰传递火炬的时候,我眼里闪着泪光。

第二章　做梦的女人

人因梦想而伟大。我在大学时期就知道，梦想与张萌这个人是互相匹配着的。人生就是要在漫漫长途之中，找到与你匹配的人与事，然后踏实走完这一生。

也许他并不帅，但是与你匹配，你无须在意他人的目光。也许这份工作并不光鲜亮丽，但与你匹配，你做起来心安自得就好。也许你的长相与主流审美不符，但它就是你的一部分，接纳它是一种匹配。也许你的家并不是他人眼中的豪宅，但你住在里面舒服惬意，这就是一种匹配。

与匹配相对的词是错位。如果你跟 A 要 B 才有的东西，这就是一种错位。你只能跟 A 要 A 有且给得出的东西，如果你真的要 B 有的东西，就应该去找 B 要，而不是在 A 身边流连忘返，对其投入的沉没成本会让你耿耿于怀。你放不下的其实并不是 A，而是曾经与 A 交织在一起的自己，你苦恋的更是自己在 A 身边付出的感觉。可是，如果你的人生梦想是要 B 有的东西，那应该立即转向 B，对 A 放手。

我曾经不懂这个道理，直到突然有一天我看了一个作家的这段论述——"不要对错误的人，去要他没有的东西"，瞬间释然，当年的纠结、迷茫一扫而空。

爱自己，是一门大学问。

有野心的女性真的会发光

被熏出的审美

我有一个朋友从事婚礼行业,她在事业生涯中,帮助很多伉俪完成了他们一生中重要的仪式,也让他们拥有很多难忘的时刻。她跟我说,自己从事的这个行业是发现美、创造美的行业,自己的品牌之所以被很多人认可,是因为她总能打造出最美的婚礼。

她创办的品牌与她的姑姑相关。她小时候家里有一个姐姐,长在自己父母身边,而她很小就被送往姑姑身边。姑姑是一个爱美的女人,虽不那么富有,但也要把生活过得美美的,家里的摆件很精致,穿着也漂亮,我这位朋友从小就被打扮得很美丽。后来,她创办了自己的婚礼公司,她姐姐也在其中任职。多年前,我请这位友人为我爸妈在加州举办了一场西式婚礼,仪式中我看到了她的姐姐。说实话,第一次见面时,我真

第二章 做梦的女人

的看不出她们是亲姐妹,审美截然不同,她姐姐可能更擅长运营管理。我朋友告诉我,她对美的追求是被熏陶出来的。

美,是可以熏出来的。

有段时间我总跟研究美学的朋友一起聊天。他们总说,我们一起探讨的是哲学问题。哲学是对思维的思维,它是我们探求世界、了解世界的方式,每个人都有着完全不同的哲学思考体系,这也决定了不同的人有不同的人生选择。如果以前总有人认为美没有价值的话,近些年越来越强烈的消费趋势已经说明,商业组织亦能通过审美能力来创造收入。

我身边有一些企业家,企业规模做得很大,但也会为一张海报恼怒不已,批评手下审美不好,鉴赏能力不足。美逐渐成为一种稀缺的生产力。

我是对美有着严苛追求的人,每天即使做平日常做之事,甚至足不出户,也会把自己打扮得漂漂亮亮的。我喜欢让自己周围环绕着美好的事物,与它们相伴左右。我读苏世民《我的经验与教训》,发现他不论在哪儿办公,都会将自己的办公室重新装修成自己喜欢的风格。我相信他也有审美上的独特偏好。最近出差频繁,索性在我不在的时候同时将家以及办公室重新装修。找一位志趣相投、审美一致的女性设计师,辅助自己在实现美的道路上持续行走,是一件极美之事。

在审美上,我喜欢有人文气息的一切,如古董。我的书桌来自1881年的法国,在中央写字的区域贴上了一块黑色的皮革,当我写字时,笔尖与桌面接触的柔软与坚硬,形成了很好的互补,这时写出的字体是最流畅最美好的。木桌的四条腿上,都用金色铜镶嵌了战神雅典娜的正面像,桌的四角都包裹着铜质的豹脚,正是经常相伴于雅典娜身边的战神豹。这就是我的女战神桌,像极了我对自己的定位,一位女战士——钢铁萌。

刚遇到这个桌子的时候它真是破烂不堪,100多年的风雨让桌子的皮质部分已经完全腐烂,后来我给它换了一块皮,虽然这个皮质并不是原版的皮质,但配上木质旧纹,抚触时不禁想到它的历代主人,岁月流转,六代人的悲欢离合。它是一位智者战神奶奶,与其相伴,我读完一本又一本书,写过一篇又一篇文章,这种"人"的味道正是它的绝美之处。当我遇到它那刻,一眼即知与它的缘分。

看一个人的家装,不仅仅是看他的品味,更是看此人对美的诠释。每次行走在各地,我都喜欢与有故事的人谈话,看到的是他们的神态,听到的是他们的言语,但脑海中沉淀的是智慧的回甘。

其实我最早并不是一个有良好审美的人,说实话到现在我也感觉自己在审美上一直还有进步的空间。审美是一个找自己

第二章 做梦的女人

的过程。虽然你出生了,但你可能并不了解真正的自己,比如你的个性与特征,自我探索是要随着了解原生家庭开始的。当你对自己有了更多认知后,便开始知晓自己的存量世界,但这并不等于真正的你。"真正的你 = 理想中的你 − 存量世界中的你"——它是一个变量,会随着自我探索的深入与自我目标设定的真实性而发生改变。每当你更了解自己一点儿,你对存量世界中的自己就会有更好的把握,这个时候你也会更接近真正的自己。同时你需要不断修正未来世界中想象的自己,当你越了解自己真正想要的,你就越接近真正的自己。

此外,对标会让自己在构建审美价值时操作起来更简单。这个世界有形形色色的美,你可以全力探索,从古至今,从东方至西方,找到一种你最喜欢的样子,然后将其设定为自己的目标。比如,我自己的身材榜样是莱蒂齐亚[1],我的家装榜样是 Athena Calderone[2],着装榜样是 Anouk Yve[3],发型榜样是苏菲·玛

---

[1] 莱蒂齐亚·奥尔蒂斯·罗卡索拉诺(Letizia Ortiz Rocasolano),1972 年 9 月 15 日出生,首位西班牙平民王后。据《每日邮报》报道,她一直以来都遵循严格的饮食和锻炼计划,包括做有氧运动和专业的印度瑜伽。

[2] 1994 年 11 月 11 日出生于美国纽约,拥有室内设计师、料理主厨、作家等多重身份,是时尚生活网站 EyeSwoon 的创始人,在 Instagram 上粉丝数量近 100 万,在家居、设计、美学方面有一定的影响力。

[3] 荷兰服装品牌 Taljé 的创始人,穿搭风格以北欧时尚的极简穿搭为主。

索[1]……当然这些榜样在我名单上还在不断变化，我也在重新调整自己更喜欢的生活节奏与理想目标，自我更新也是对标法中重要的实践准则。

还有一件极其重要的事，那就是文化匹配性。一个人不能"硬凹"出一种审美，它无比做作，你需要理解，任何一种审美背后都是一种文化的力量。比如，我的家装是传统法式、中式与日式的结合，我非常喜欢受东方影响那个时期的法国的美，它是带有巨大的东西方文化冲击力的存在。那个时期，传统法式依旧盛行，但有一批文化先驱更偏向引入东方元素，并将其加在屏风、瓷器等家装系统中，对繁复的法式家装文化产生了巨大的冲击，一种极简的新型文化与繁复文化形成了对撞，呈现了新法式的文化形态，反映到家装上就产生了一种矛盾的融合。我喜欢这样的文化，也将自己的家打造成理想中的样子。

培养审美还有一件事很关键——宁缺毋滥。虽然刚开始自己的储蓄不一定很丰富，但也要开始思考如何拥有第一个值得数年持有的物件，它可能是一支笔、一只包包、一双鞋、一件裙子、一件家具或者一件古董艺术品。当你开始放弃以数量取胜或者快时尚的消费逻辑，对品质有更高的追求时，就在朝着自己设定的"好"的标准来滋养自己的审美世界了。以前的我

---

[1] 1966年11月17日出生于法国巴黎，法国女演员、导演、编剧。

认为衣服当然是越多越好，多意味着更多的可能性。后来发生的一切完全颠覆了自己之前的固有想法。我现在会选择单品逻辑，一件可以在不同场景下反复应用的单品会有更高的价值，而我们值得为这样的单品投资。衣服不在多，而在于每件都是精品，请你与精品为伍。这个逻辑对当年的我来说无疑是具有颠覆性的，我甚至开启了断舍离的人生，与自己在 3 个月内不会有交集的物品进行隔离。到现在，我只有不到 10 个包，但个个都是精品，陪伴我数载。

关于审美的故事我还可以讲上一天一夜，练习入手也非常简单，你可以从一件小事开始，在购物欲上（数量）控制自己，但在高审美单品（质量）上提高自己的要求。也许过一段时间，你会发现精简主义是构建审美的开始。我们需要的不是百分之百占有，而是选择与自己日后会常伴的存在，共同度过美好的人生。

第二章 做梦的女人

精简衣橱

我小时候是一个很喜欢买买买的人。记得上大学的时候,萌妈给了我一张信用卡副卡,每个月我消费,她还款。一次萌妈翻我的衣橱,发现有一条裙子的标签还没有摘,而我又买了一条款式跟它基本一样的裙子。那天我拎着大包小包回家时,被她撞了个正着。

她阴沉着脸说:"张萌,钱不是这么花的。"我也有点儿心虚,毕竟是花别人的钱,得看人脸色。好吧,既然你不让我花,干脆一不做二不休,我掏出了剪刀把信用卡剪成两半,我扬言:"从此,我再也不花你的钱了。"

我宣告了自己的经济独立。但随即我就怂了,没了钱,我该怎么办呢?

■ 有野心的女性真的会发光

我掏出了效率手册,开始列计划,一个大学生做什么能赚到钱?我开始关注学校告示栏的小广告,像什么家教、婚庆司仪、主持、翻译,凡是能接的活儿我全都做一遍,说不定可以寻找到新的机会。做了半年,我最终发现,原来最赚钱的是奖学金。北师大各类奖学金很多,我那个年代还可以重复拿奖,比如获得了第一名,不仅可以申请国家奖学金、专业一等奖学金,还可以申请各类企业奖学金。就这样,我成了一个边学习边赚钱的学生,加上各类兼职,我大学三年级就全款买了自己人生的第一辆车,一辆红色的本田思域。

但我买买买的性格还是没有变,自己依旧不断消费来填充房子,衣服、鞋帽、包包,同一个款式不同色系各来一件,家里的衣橱不断被扩充,直到再也装不下,于是就购置新的衣柜然后再次装满。有一次搬家,爸妈帮忙一起收拾,发现我的东西实在是太多了,搬都搬不动了。他们也不敢埋怨我,我那个时候甚至得意扬扬地想:"怎么样?这些都是我辛苦打拼出来的,我不靠你们!"

我在把购买的东西当成傲人的战利品时,我在潜意识中已经患有"囤积成瘾症"——我当时幼稚地认为买得越多,越能代表自己的实力。我想向别人充分证明自己的实力,其实骨子里还是一种怕被人看低的不自信。

第二章 做梦的女人

2016年后，我慢慢发生了一些改变，也许是学了哲学，也许是进行了一些自我反思，我开始扔东西了。

首先改变的是我的办公桌。从之前堆积成山的文件，到把它们全部清理掉，由"阅后即焚"转为无纸化。至今，我的办公桌仍然保持着整洁、简单，只有一个铅笔盒、两个手机支架、一盒纸巾、一盒湿巾以及一个皮质桌垫。

接着就是我的衣橱革命了。我经常会将自己不用的、一年内没有穿过的衣服卖出或是打包送人，这个过程是悄声进行的。在我毫无觉察之下，我转变了自己的行事作风，从凡事向外求转变为反求诸己。

接着，我的购物行为也发生了巨大的转变。我从每年在购物软件有很多笔消费逐渐变成一年消费不超过10次，一年新添衣物不超过8件。如果不是极品，坚决不购入，这成了我的购物理念。一件想要的东西，以前是想到立即就购买，现在转变为放在购物车里三个月到半年，如果半年左右还是很惦记，那就立刻下单。

人际断舍离也是重要的一步。从过去攒名片不断结识新朋友，到现在即使遇到了聊得开心的人也无须加微信，此刻开心，也许下一刻还会重逢，还会拥有同款开心，没必要平时牵挂。交往，不是囤积关系。

有野心的女性真的会发光

很难想象这些理念都出自同一个人,我还是那个我,可我的想法以及做法完全转变了。我逐渐成了另一个人,对过去的自己感到完全陌生。我经常想,如果今天的我和过去的自己面对面站在一起,可能对方已经无法认出我了。究竟什么变了,会导致如此反差?我想大概是因为自己的思维、看问题的视角发生了变化,而视角背后是底层的自信。我到底是应该通过物件来证明自己,还是可以自证预言?我需不需要通过物件来衬托我是谁?还是我在这里就可以证明自己是谁?

我想到了"适合"这个词。过去参加社交活动,一个爱马仕包包是一个人的标配与象征,也许能代表你的事业成就以及独立果敢。可现在它真的什么都代表不了,站在那里的你是唯一可以代表自己的,买爱马仕只是因为自己真正喜欢,而不是通过它间接衬托出你的身价。

自然且豁达。在漫漫人生长河中,你到底是谁?我是我,不是任何人的谁谁谁。这是一种勇气,更是自证其言的结果。

第二章 做梦的女人

让每一刻流过你的时光都充满意义

这些年流行一个词叫"个人IP",很多人都选择打造自己的影响力。在自媒体时代,"影响力"已经从一个社会阶层词语变成了大众词语,人人皆可打造自己的影响力,也出现了很多草根逆袭的案例,因此影响力成了除金钱地位以外很重要的个人资产。

很多书都对影响力下过定义,西点军校认为影响力是一种能让其他人做出改变的能力,有的人认为影响力指的是自己的辐射范围与权重,企业会把影响力与领导力放在同一水平与维度去讨论。直到有一天我在读书时,看到了一个对影响力的定义,顿时觉得这种讲法很新鲜,越想越有道理,它说:"影响力是让每一刻流过你的时光都充满意义。"其表达如此之妙,是我迄今为止最喜欢的一个定义。

多年前读稻盛和夫先生的文字，他的六项精进，尤其是"付出不亚于任何人的努力"让我久久不能忘怀，我喜欢这个内容，也以此为标准要求自己的言行。我自觉是一个不论做什么都很努力的人，记得当年谈恋爱的时候，对方过生日，我总会提前两个月就开始准备生日礼物。有一次我把他出生那年来自世界各地的邮票汇集了起来，并在一张3米长的世界地图上贴满了这些来自世界各地的"小精灵"。这些邮票相当难收集，因为历史、地域等各类原因，搜集难度之高需要我花很多时间去协调。我把它当成生命中很重要的项目去做，很用心地对待每一个细节。我有一个同事知道我在做这项准备工作，对我说："萌姐得找一个啥样的人，才能对得起你的付出啊。"我自然相当沉醉在自己的付出中。

终于到他生日那天，当我把礼物呈现在他面前的时候，他说这是他此生收到的最好的礼物，说自己相当感动。我当天也准备了各项仪式流程，想着在他最重要的日子，有人与他一起庆祝他应该很难忘且很感动吧。

可没出两周，他就跟我提分手了。一向睡眠很好的我彻夜难眠，躺在床上辗转反侧，想不清楚是啥原因。后面很长一段时间我都陷入了自卑的情绪中，不断地反思、复盘，苦苦挣

第二章 做梦的女人

扎。我不知问题到底出在了哪儿。

分手的那段日子,除了心理咨询师,还有几位好朋友一直在我身边,帮我走出困境。我开始怀疑自己,怀疑自己爱的能力,我都 all in(全力以赴)了,为什么还是这种结果?到底是什么原因让曾经说好一起行走的两个人面临分开的境遇?朋友说,这是一个男人深度思考后做出的决定。那段时间我把工作排得很满,不让自己闲下来,争取让自己没有时间思考。可是晚上回到家,面对空荡荡的房间,拖着疲惫的身体,我的大脑还在飞速运转——为什么我已付出全部,他还是离我而去?

当时,我陷入这个困境不能自拔,无法从自责的情绪中解脱。我拿工作与情感问题做了类比:在工作中,每当我出一分力,就会有一分回报;在情感中,我已经出了十分力,可结局就是收获了零。我在用投资回报率的思路理解情感问题,结果我发现,这是无解的。

我的"无解"正是因为自己深陷棋局中不能自拔。如果我跳出这个困境,做一个旁观者,也许会有不一样的发现。时间是治疗伤痛的良方,当我慢慢抽离情感的旋涡,回看这段感情时,终于理解了一件事:谈恋爱其实就是各谈各的,不求回报。

谈恋爱谈恋爱,虽说两人谈,但情感一定是不对等的。在感情双方中,他的理解和她的理解通常不一致,这里并不是

$-3+3=0$ 的关系，二人的绝对值也并不相同。一定有人付出多，有人付出少。想要获得均等的回报无异于天方夜谭。毕竟两个人不是一个人，就连你的左脚和右脚大小都不尽相同。我与之前的恋人虽然相爱，可我爱他与他爱我的程度是不一样的，我无法用我所做的事来要求他也做出同等程度的回馈。而且，恋爱到底是与谁谈呢？

之前我会说："当然是跟他谈了。难不成还跟自己谈？"

现在的我会说："当然是自己跟自己谈恋爱。"

恋爱是通过一面镜子照自己的过程。你在恋爱期间收获了快乐，那一定不是只有他才能让你快乐，而是你通过他收获了快乐，他是你收获快乐的一个途径。我们有没有收获快乐的其他途径呢？当然有！如果你的答案是否定的话，无异于把鸡蛋都放在了同一个篮子中，理财专家会坚决劝阻你这样的愚蠢行为。

作为一名事业女性，我也不只拥有他这一份快乐，在授课中我会收获感动，在平时运营工作中我会获得喜悦，与我的"战友们"打赢了一场战役，我会激动万分，与朋友们一起喝下午茶也很惬意，与教练一起挥洒汗水，从自己日趋满意的身材上也能获得一份骄傲。这些都是快乐，而快乐拥有很多维度、很多层次。

第二章　做梦的女人

我失去了恋人，但我并没有失去快乐，我还是一个快乐的自己。

写到这儿，我想到了漫漫长夜辗转反侧无法入睡的自己，不禁笑了笑。其实这也很美好，偶尔体验一下失眠，能与那些有睡眠问题的朋友有更多话题，否则在聊失眠问题时，总觉得自己没有参与感。

回到感情这个问题。今天的我依旧会很钦佩当时的自己，因为处于情感状态的时候，我是一个很认真的人。"让每一刻流过你的时光都充满意义"，我从未马虎也未曾分过心。只不过，这一刻过去了，它就永远过去了。它曾是一份甜蜜的体验，现在已成为回忆中的一个符号，被封存在记忆中。伤过哭过，之后还是要释然，新的那刻也将到来，就在生命中的每一天。

有野心的女性真的会发光

第三种选择

有一次电影首映礼,主办方邀请我去主持,女主角是俞飞鸿女士。我一直非常欣赏她,但现场有一个观众提出了一个问题:"你那么好看,为什么不结婚?"我本以为她会生气,结果她笑了笑,我猜她已经回答这个问题很多次了,不再感觉自己被冒犯了。

"婚姻是自己的事,为什么一定要跟别人请示说明?"

其实越来越多的女性有了更多选择的权利。记得2016年我去硅谷考察,参访Facebook(现已改名为Meta)时,它们到处挂着彩虹旗,我不解地问周围的人,接待负责人说:"这代表着他们支持同性恋的同事。"当时我真是开了眼界。2023年我去哈佛商学院读书,一位管理学女教授十分有魅力,叫Frances Frei,

第二章　做梦的女人

运营课程被她讲得惟妙惟肖。她是一位很中性的女学者，果不其然，她在课上讲人的多元化时，开始大谈特谈她的女伴，说自己平时只穿黑色，而女伴每天都穿得很花哨。后来我与哈佛大学一位招生官聊起他们招收学生的标准时，他讲了一句让我印象深刻的话："我们很重视学员的多元化，会尽可能把各类不同的人聚集在一起。"

一直被贴上异类标签的我，开始被大家接受，这种感觉舒服而自然。

一个人接受自己，不仅需要真心认同自己，外界环境的包容性也很重要。小时候军训，要叠豆腐块一样的被子，我怎么都学不会，在那里吭哧吭哧做很久也做不好，深受折磨。后来教官也来帮助我并对我说："张萌，我们并不是让你们都一样，叠被子也是修炼心性的过程，如果你能耐着性子把每件小事都认真做好，我相信你未来也会很不一样。"那次我终于想明白了被子为什么要叠"豆腐块"，以后我每天早上比其他同学起得更早，认认真真地把这件事做好，后来我还获得了宿舍标兵的称号。其实有的时候，看似做的一样，是因为我们看浅了这种"一样"，而它本质上也是一个"借假修真"的过程。

当自己磨砺了心性后，仍可以对很多事情说 no，对很多事情说 yes，因为你依旧拥有选择的权利。记得在一次韩国纯净

有野心的女性真的会发光

护肤展会上,我结识了 Lotus 品牌的创始人 Eugue 女士,这是一个济州岛的品牌,她的母亲是当地非常有名的画家,以画莲花见长。她从很小的时候就开始研究莲花,最后把莲花做成了一个护肤品牌,从莲花中提取有效成分,并用发酵工艺制作了一条产品线。我问她,你做这个品牌做了多少年?她骄傲地跟我说,做了 7 年。在展会上,品牌方通常会让一些基层员工负责,但 Eugue 女士作为创始人,亲自带领团队在展会期间为参会者解答问题,她很兴奋地与大家讨论制作工艺与创业精神,我为她的这种热爱而感动。她可以选择从事艺术工作,也可以选择在家相夫教子,但她选择成为一名创业女性,每天早出晚归为事业拼搏。

我一直很喜欢韩国女演员金允珍,我说的喜欢是指她在影视作品中对角色的诠释。我从没去百度过她的家庭、学历或者另一半的情况。那次我与同事聊起女明星,她说你喜欢金允珍,居然不看她的八卦,甚至不知道她被诸多男神所喜爱的事实,你到底是不是真粉丝啊?

我答道:"我喜欢金女士,是因为我喜欢她在角色中的那种洒脱,是把她当成一名演员来欣赏,是从她的职业中切入而表达对她的喜爱的。至于她的家庭、她的情感世界,这些都不是我所关注的,她有她自己选择的权利,我也不会评价,因为我喜欢的是她的职业形象。"

还记得有一次我听合伙人说公司在传关于我家庭与情感生活的八卦，于是我找出了传八卦的一位女同事，她正好向我虚线汇报工作。我并没有拐弯抹角地讲她不应该传领导的八卦这件事，而是很坦诚地问她："我听说，你在公司跟同事说我的私事，有这件事吗？"

她的脸瞬间就红了，然后她诚恳地说："萌姐，我说了。"

我问她："为什么要这样？你了解事实，还是这跟你这份工作相关？"

她说："萌姐，都没有，我只是有些好奇，我就传了。"

我明确地告诉她："我们之间的交集是工作。我不认为我的情感生活跟你有任何一种连接，而我们也不存在任何一种除工作之外的关系，所以请你尊重这份工作，也尊重我。你能做到吗？"

她回答说："我能做到。"她又补充说："萌姐，如果你真的觉得被冒犯了，我可以辞职，来补偿我的过错。"

我说："不用了，我不希望以后再听到任何关于你传播的事情，这件事我们就此打住。"

事后，我并没有因为这个"不愉快"而找过她任何麻烦，而她也在非常努力地工作，我们还是背靠背彼此信任。从职业角度出发,我尊重任何职业化的女性,就像我与合伙人,我们都各自守护着彼此生活的界限,扮演好为工作一起携手奋斗的角色;而生活中我们也都尊重对方的隐私与空间。同理,我与亲友也从不聊生意,只是聊情感,聊纯生活化的内容。

一个不复杂的人,一旦把各类事件都搅在一起,就复杂化了,也不再在自己的能力范畴内行走了。所谓选择的权利,意味着尊重他人的选择,同时收获在各个领域都被尊重的自己。

第三章

去你家借本书

每当我在人生中遇到困难,总会到事业中避风躲雨。

第三章　去你家借本书

去你家借本书

在工作中,我是一个创意丰富的人,我受不了每天做重复的事情,于是就一直努力在平淡的岁月中自己去找点儿乐子。我每周都会做一档直播栏目《高光时刻》,一年对话100位作家,谈他们在某个领域的技术窍门,以人为师。在一个工作日的下午,我坐在办公室里,突然像被什么击中了似的,我想做一档全新的栏目——《去你家借本书》。想着走进一个人的家,去借本书,看看他们的家装,了解他们不为人知的世界。

家是一个很隐私的地方,每个人都会有不同形式的解构,还记得我刚在北京创业时,租了一个小小的房间,全屋只放得下一张桌子,既是餐桌,又是书桌,还是置物架。在桌子旁边,我放了一个大大的书架,书架上密密麻麻堆满了我的书,我在

有野心的女性真的会发光

那个房子里住了两年，度过了一段非常快乐又异常焦虑的成长时光。因为那时我刚创业，经济很紧张，只租得起小房子。但即使在这么艰苦的环境下，我也要省出钱来雇阿姨。这个事儿我跟很多朋友讲过。他们都说："张萌，你不是真的穷。"我认为这就是每个人的价值选择不同，花钱是很看一个人的价值选择的。比如，我有一个员工吃得差住得差也要省钱买爱马仕包包，拿着这个包去挤地铁、挤公交的时候，她的笑容是灿烂的。这其实没什么不好，只是我们对待金钱的态度不一样罢了。我还有一个员工，一个月工资1万多元，要花50%以上做医美。我问她挣点儿钱为什么不存起来，她说："萌姐，我享受躺在床上被服务的感觉。"我还有一个同事，每个月都雷打不动地把工资的20%捐给一个基金会做公益，她不仅自己做，也号召身边人一起加入她的行列。花钱，就是一种价值选择。

而我一直以来的态度是：能让其他人代劳的，自己坚决不做，我只做不可被人替代的事情。这项人生理论不仅应用在我的家庭、学习及工作中，还深深铭刻在我的意识中。我经常会问自己，我的这项理论到底来源于谁呢？

来源于"我的人生很贵"的底层逻辑。

"虽然每个人都是从手无缚鸡之力的时期走过来的，但人与人重要的区别在于是否天生骄傲。"这句话是从我的合伙人那

第三章 去你家借本书

里学来的,她曾经把这句话作为人生座右铭,经常与员工分享。

我小时候本来是一个很自信的人,因为不论我做什么,萌妈都会拍着手叫好。

还记得我刚学声乐不久,萌妈就给我报名了声乐比赛,那是一个新加坡举办的亚洲声乐大赛,我唱了一首难度非常高的歌剧选段,结果好多高音都破音了,很尴尬地唱完了我的歌曲。等我向观众鞠躬致谢后,全场静静的,只有一个人在那儿挥舞着手,热烈地鼓着掌,仿佛这掌声是由数十个人带来的,那个人就是妈妈。还记得回家路上,她使劲儿夸我的歌声曼妙,又给我举了很多例子让我相信自己的实力,鼓励我下一次再接再厉。

我居然信了。

这是我小时候的自信回忆。在妈妈的呵护下,我无比坚信自己可以战胜任何困难,认为自己是最棒的,慢慢形成了我凡事都想争抢第一的性格。还记得小时候坐小火车,我跟弟弟们一起争火车头,弟弟们都把火车头的位置让给我坐,他们都认为,只要姐姐在,火车头就是姐姐应该坐的位置。他们对我越包容,我外公就对我越气愤,让我从小火车上下来,把位置让给弟弟们,还被罚回家写检讨书。外公认为,你是姐姐,就应该让着弟弟,不要凡事都拔尖儿。

可外公的压制并没有压住我争先的性格，我的母亲暗暗与她的父亲"作对"，她鼓励我做自己。我受到了母亲的鼓舞，慢慢坚定了我对位置的选择。后来在整个学生阶段，我依旧是一个要强的性格，不达第一誓不罢休。记得大学时期我参加了一个社会上的比赛，最后宣布我是第二名，我连奖金都没要，头也不回地走了。

这是以前的我。直到创业，我开始经历人生的一地鸡毛：消费者不买单，员工不信任，以及合作伙伴的背弃，慢慢我才明白以前我的底层骄傲都是因为"有人守护"。在妈妈身边有她庇护，在学校有老师、同学守护，而走入社会后，我无人守护，作为老板我还要守护别人。

慢慢地，我放弃了那些凡事都一定要怎样的坚信，开始相信黑与白之间也有模糊地带，遇到再办不下去的事情时也可以有缓冲地带，凡事不是立刻就要解决，而有一种解决思路叫作"不解决也是一种解决"。

但即使我对一些事情再无能为力，也还是保留着对自己的坚信——我可以拥有很贵的人生，我的时间很值钱。

《纳瓦尔宝典》里面有一个场景让我印象深刻，作者说他在职业初期就算过自己单位时间的货币价值，那个时候他虽然一小时能赚的数量非常有限，但他坚信自己是一个时间很贵的

第三章 去你家借本书

人,他甚至锚定了一个数值。结果没过几年,他就超越了自己设置的既定数值,成了一个时间真的很贵的人。

我也有着同样的坚信,即使还在创业初期。我会放下自己不擅长的事情,专注于自己擅长的领域。因为不擅长社交,尤其是搞定人、攻克人的特性,我选择了 To C 的业务,直接面向消费者,只要你的产品或服务好,消费者就会认同你。我不擅长做销售、运营类的工作,就找到了自己的合伙人,实现共同的梦想。我曾经对自己的学生讲过,"学会分钱"是所有"人生很贵"的人的共同特性。一个人能与许多人分钱,就证明有很多人需要他,他的价值就很大;而如果你只是自己赚钱自己花,利益相关者就会锐减。当然了,要过哪种人生还是看自己的选择。

《去你家借本书》也是想看看那些"人生很贵"的人的人生选择,他们对人生的配置与布局一定有着不同的思考。还记得我的一位朋友与我分享他离婚后的故事,那半年他住过很多情侣、夫妻的家,观察人家吵架、沟通问题,逐渐发现那些很相爱的家庭,不是不吵,而是越吵越爱。听他讲完,我觉得这样观察也是一种幸福而有趣的选择。

🔴 有野心的女性真的会发光

我将习惯与爱好变成了事业，与他人共享书籍中的智慧。这档栏目越做越好，我在社交媒体每周跟粉丝见两次面，邀请国内外学者来直播分享。它既是我的社交，也是我成长的方式。

第三章　去你家借本书

香港小记

被港大录取，多了一个去香港的理由。我很喜欢香港，一种对立与统一，效率与松弛，钢筋混凝土的新与老街的旧，追求新潮时尚与坚守文化底蕴。走在香港的街道上，会不自觉地跟上行人的匆匆脚步，但又想刻意放慢脚步。

这次来港大上课在数码港校区，上课的地方是一个环绕型的阶梯教室，一共四排。跟我以前上大学的教室不同的是，以前是老师和学生被安排成面对面授课，授课方对着听课方，刻意形成一种权威感。这个教室是一种强调分享与交流的设计风格，老师被包裹在正中间，而我们"包围"着老师。上课时我们被分了小组，我跟T小姐和两个男生分到了一组。老师说，这个分组是教授细致地看了我们每个人的背景后刻意安排的。

有野心的女性真的会发光

我们组的两个男生分别是零售、科技头部企业的高管，T小姐是某知名品牌的高管。上课大半年了，我跟T小姐只有点头之交，这次有缘坐在一起，在教室靠左侧的最后一排坐着，两个男生分别坐我们左右，就这样开始上课了。

这是一堂数据分析课，需要携带电脑。而我本人只有iPad，从来不用电脑，于是T小姐掏出了自己红色的笔记本电脑，放在我们中间。开始上课了，我坐在T小姐左边，看着她在笔记本上敲击着。

关于两人共用一台电脑的回忆，还是20世纪90年代我上小学时。当时学校引进了一批新的电脑，开设电脑课程，做不到人人有电脑，就两人共用1台，上课一半时间一个人操作，另外一半时间另外一个人操作。那个时候我更喜欢看别人操作，小白手在电脑键盘上敲击的感觉美妙极了，与弹钢琴指尖敲击琴键轻弹出美妙的节奏一样。我闭上眼睛听键盘的敲击声，近处可听到身边这位伙伴嗒嗒嗒嗒的主节奏，不规则，但有趣；远处整个班级10台电脑的键盘一起敲，仿佛是一首协奏曲，每个键盘手都掌管着自己的节奏，共同挥洒出整体的共同节奏。这个时候，老师往往会走到我身边，贴住我的耳朵问："张萌，你睡着了？"

现代电脑都升级了，在课堂里再不能听到这些敲击的节

第三章　去你家借本书

奏,但我也被身边的这位 T 小姐吸引了。我专门研究过,男人看女人,和女人看女人,对好看的标准完全不一样。有次我问一位男性朋友,你觉得谁谁谁好看吗?他答道:"不好看。"可我真的好喜欢好喜欢看她啊。其实有时候女人看女人的标准也不统一。T 小姐是一个清爽的美人,瘦成一道闪电但又有肉感,皮肤白皙如凝脂,指尖很长,在操作电脑的过程中,我一直看她细长的手指。她经常穿衬衫,讲很好听的香港话,走路带风。

操作电脑的时候,我与 T 小姐形成了比较默契的分工。针对老师讲的内容,我来说,她负责操作,我们一起看数据,还要讨论数据的准确性。她斜着头往左看我,我斜着头往右看她,课程在持续进行,我们就一遍遍地操作,一直歪着头讲话。在港大的日子里,我与 T 小姐讲话总量等于我在港大讲话总量的 80%。

我是一个在人群中沉默不语的人,其实这不是天生的,而是基于萌妈的培养思路。还记得初中毕业时,我特别想跟同学们一起参加毕业聚会,萌妈一个不允许就把我锁在家里,我被剥夺了参加聚会的资格。那个时候在我的意识里慢慢开始形成一个区分,同学就是课堂上一起学习的,不是在课后还要继续交往、交流的。去年我与萌妈专门讨论过这个问题,那个时候为什么不允许我参加同学聚会,甚至每个同学课后找我,给家里打电话的时候，萌妈总是要盘问对方很久，包括家庭背景、上次考试成绩，最后说张萌不在。为什么这样限制我与同学的交往，萌妈的答案其实很干脆、直接、有说服力。

"我怕你会早恋。"

我咽了一下口水，本来想说什么，脑子瞬间都空了。说实话，作为父母，对自己女儿有这个担忧再正常不过了。萌妈控制住了我的早恋，也"培养"了我一种超能力——生活中不与人交往，甚至成为人群中的"社恐"。

跟T小姐交往不会有这种恐惧感，因为我们一方面是学友，一方面都是女生，这种防范意识一下子就降了下来。可能因为我们讲了太多的话，一直扭着脖子说话的时间太久，第二天傍晚，T小姐跟我说，她好像睡落枕了，傍晚脖子开始痛了起来。我带了精油帮她涂了涂，不见好，我就拿出自己的绝活儿，帮她按了几下，每隔一段时间再涂，她说好了一点儿，说得很勉强，可能在安慰我的努力。

接着第三天，她早上给我发信息，她已经完全起不来床了，被她妈扶了起来，坚持着来上了课，脖子已经完全不能扭动了，她穿了一件露露乐蒙的黑色运动上衣和紧身打底裤，说中午课间午休去看跌打师傅，但她以前从来没看过，也没有相熟的跌打师傅。我有点儿担心，说："那这样好了，中午我不开

第三章　去你家借本书

会了，陪你一起去。"

跌打师傅在香港西环，那是一个历史悠久、充满文化气息的地方，街道很有香港的风格。我们走进了一个很小的当铺口，挂着一个陈旧而狭小的店招牌，像我这种近视眼几乎看不清上面的字，走进去直接看到了一幅照片，应该是创办这家跌打馆的人。我搜了一下评价，现在店铺的掌门人是他儿子，姓何。为了能进治疗室陪 T 小姐，我也做了一个登记，称我有打拳的损伤，一会儿也要何师傅帮着按按后背。等了许久，我们终于被带入一个挂着米黄色旧窗帘的治疗室。一张床就是一间治疗室！我需要侧着身才能挪到一张小椅子上坐下。何师傅开始发功了。

师傅脸很圆，手很肉，按理说按着应该蛮舒服的。我说先别按，听听他的治疗思路，可 T 小姐不想等我咨询了，她痛到趴不下去床。我站起来侧着身子拖着她的肚子，让她把全部力量压到我手臂上，然后慢慢把她"放"到了床上。真的是"放"到了床上，那一刻我脑海中浮现的是在国家博物馆看到的清代青花瓷，我带着万分崇敬与小心翼翼，把她轻轻地"放在"床上。

我观察了一下师傅的治疗手法，他并没有直接去按脖颈上的痛处，而是先按后背，按了 20 多分钟，终于开始按摩脖子左

有野心的女性真的会发光

边的肌肉，接着又是关键性动作，只见师傅站了起来，瞄准背部两个点，咔咔按了两下，T小姐脖子瞬间能动了。这手法似曾相识，我经常浑身酸疼，平时打拳难免一会儿伤到这里，一会儿伤到那里，男友便是我的治疗师，一般我疼到要命，就会求人家给帮忙按按，他总是几下子就能给治好。讲真，何师傅比我男友效率差了不少。

不管怎样，T小姐的脖子终于可以扭动了，我拉着她说，我们下午换个座位，我坐右边她坐左边，这样我们换另外一边疼，也能缓解一下现状，T小姐苦笑着说要请我吃饭。

我肚子咕咕叫了，我的胃就是一个闹钟，平时吃饭时间严格得很，即使没有钟表，它只要一感到饿，那一定是吃饭时间到了。T小姐来香港十几年了，从大学考入香港，毕业后就一直在香港工作，无论走到哪里都能给我讲关于香港的故事。只见她打开搜索工具，稍微翻几下就告诉我："附近有一家评分很高的餐厅，很地道的香港味道。"

排了很久的队，终于等到叫我们的号，这个号是搭台的号，其实就是拼桌。一张大大的圆桌，围坐的都是陌生人。T小姐担心我不适应，恰恰相反，我觉得拼桌很有趣。桌上一共坐了6对，有闺蜜，有男女朋友，有母女，大家脸上都笑盈盈的。拼桌的上菜模式很独到，有的菜你跟邻位点得相同，证明你们口味都很棒，预判很准！有的点得不同，你看他们吃得香，便可以继续追加，点对方要的菜，满足你的味蕾。这像极了香港大学的教室，大家围坐在一起，对面的同学在玩手机还是听课都一览无余。但这个拼桌也有缺点，你真的会吃很多，不知不觉把肚子塞满了，还在继续吃，直到快吐出来。每当我吃到快吐，就证明这家店的菜真的很符合我的口味。

有的时候我会刻意去体验一下快吃吐的感觉，这也许就是一种放纵。对一个对酒精过敏的人来说，实在体验不到那种对酒后的描述——云里雾里、似有似无的美妙感。而我所有美妙的 moment（时刻）都来源于心流时刻，比如写作、阅读、打拳，甚至开会到忘我的时刻。"放纵"这个词在我这里好像就是禁词，但极少情况下我也会去"小放纵"一下，比如跟相爱的人宅家发呆，做一些冒险的事情，或者大吃一顿，吃到要吐的程度，或者把发型剪乱，穿不得体的衣服出门……因为有太多社会角色的捆绑，很多时候，想做却不能做就成了人生常态。

前几天看舒淇、黎明主演的电影《玻璃之城》，讲的是男女主人公是大学时期的恋人，但之后都各自成家，再次相遇时，他们想在一起却不能在一起，这就是一种想做却不能做的事。20多岁时读《万历十五年》，一个劲地替皇帝惋惜，喜欢的美人不能扶成正位，喜欢的官宦不能直接提拔，想出去考察

有野心的女性真的会发光

却被要求留在皇宫,人人都说要当皇帝,可谁也没有看到皇帝的难。大臣也有大臣的难,想进取一点儿就会被同僚敌视,"躺平"一点儿领导就不待见,说真心话会被杀头,不说真心话心里又过意不去。妃子也有妃子的难,真心爱一个人却不能全部拥有,对皇帝好也要考虑其他嫔妃的处境,自己的子女不能亲自抚养,既要进取又不能太有功利心。

人生就是一枚硬币,可以把既要又要当成口号,但现实中往往不可得。阳面、阴面永远共存。

阳面:我去泰国打比赛,首战赢了,光鲜亮丽;

阴面:第二天开始咳嗽,剧咳不止,互联网上许多人骂我。

阳面:我写作、出版,笔耕不辍,每年入围当当榜单;

阴面:别人娱乐我写作,别人睡觉我写作,别人吃饭我写作。

阳面:别人爸妈给孩子买房,我小小年纪给爸妈买房;

阴面:工作"996"[1]"007"[2],全年无休,没睡过午觉,没有周六、日,工作生活不分家。

…………

我好像就没有见过只有阳面没有阴面的人生,也没见过只

---

[1] 指早上9点上班,晚上9点下班,一周工作6天的工作制度。
[2] 指从0点到0点,工作24小时,一周7天不休息的工作制度。

有阴面却不曾有阳面的人生。只不过有的时候,阴与阳不是同时到来,它们中间往往隔着几年,而让一些只见阳面的人提前乐观,活在虚幻主义的世界中,不知下一刻乌云将至;或是让只见阴面的人不够坚韧,没等到阳面到来便提前放弃,他们不知道阴后还会跟着阳的到来。

对我来说,这次港大的经历也是阴阳一前一后地到来。

阳面:遇到了有趣的人,收获了一段美好的回忆;

阴面:我离开香港第二天脖子右侧就无法转动了,工作到半夜又开始央求家人帮我按摩,并接着疼了三天……

🥊 有野心的女性真的会发光

36岁,在工作极其忙碌的情况下读一个管理学博士,对我来讲无疑是一个挑战,不过我就是喜欢挑战!

最贵的礼物

最近我有一个 34 岁的闺蜜嫁给了一个 38 岁的学长,他们行走江湖已 7 载,终于进入下一个人生阶段。收到邀请函后,我飞到东京参加他们的婚礼。

婚礼是日式、西式及中式混合的,因为他们夫妻俩分别成长在中国、日本、美国,来的也是这三国的宾客。婚礼最后,是新婚夫妇给双方父母送礼物,以及双方父母致辞,表达对他们婚姻的祝福。闺蜜爸爸说她是一个神奇的小孩儿,能预言自己考大学、出书以及结婚。结果前两件事都精准预测了,最后 26 岁结婚这件事老两口儿一直等了 8 年才等来。而今天夫妻两人终于携手,他们老两口儿可开心了。就连平时沉稳的闺蜜妈妈,在没有安排自己发言的情况下,也忍不住要说两句。我和

有野心的女性真的会发光

她妈妈因为工作场合相识已久,私下敬酒的时候,她妈妈的眼泪止不住地往下流,她自嘲这眼泪很复杂,既为女儿开心,又有着无穷的担忧。开心的是女儿找到了如意郎君,而忧心的是她今后的日子。

还记得双方在仪式上,闺蜜一发言就哭了起来,她哽咽到说不出话,说自己过去送车给未婚夫,那是一件很贵的礼物,而今天她要送出自己这辈子最贵的礼物——她自己。

到这里,我也眼泪汪汪的。我参加过很多婚礼,有男孩在婚礼上痛哭流涕的,也有夫妻双方抱头痛哭的,而闺蜜这句——自己是最贵的礼物,我的心为之一颤。

我想到了自己曾经送出的最贵的礼物,是一只 RICHARD MILLE(理查米尔)手表。那个时候这块表的价格对我来说是很大一笔钱,当时自己也有其他需要用钱的地方,但在他生日来临之际,我送出了这份礼物,表达他在我心目中的价值。

我当时就想,即便未来我们分手了,或者出现他对我不好的情况,我也不会因为送出这么贵的礼物而感到遗憾。因为那一年我确实想通过这份礼物来表达我的爱意。然而,故事的最后是我们没能走到一起,彼此错过了。良久后,我依旧能想起那块手表,也许它早已尘封了吧,也许对方将它变卖了二手,也许……

第三章 去你家借本书

我还没有来得及送出"我自己"这份最贵的礼物,我们就已然分开,而闺蜜他们通过7年证明了,自己值得被送出。

离开后,我给她发了一段消息,我说为她开心,终于有了阶段性的里程碑,未来还会有更多人生里程碑、惊喜与美好。

路上,我又开始思考,在什么情况下值得一个女人送出最贵的礼物?如果刚大学毕业,急匆匆地选了另一半,那个时候所谓的"深思熟虑"后将自己作为礼物送给对方,恐怕并不是一种深思熟虑,更多是一种激情与憧憬调和的鸡尾酒。当两人发生冲突与矛盾时,自然会思考,这份礼物送得到底值不值得。

人的内心总会有一种秩序的天平,付出与回报是它的两端。当预期回报与实际回报一致时,这份付出便值得;当实际回报稍少于预期回报的时候,也许自己可以忍耐;当实际回报远少于预期回报的时候,有人就会开始止损,这个时候,这份礼物将被收回。可往往有的时候,付出回报论总会与人性相反。人性是:激情时刻,回报远大于付出;冷静或平淡期,回报就会开始小于付出。而个体在性别差异或者其他特质差异下的表现也大相径庭。

有的人属于慢热型,在激情期过度冷静,随着时间推移,越久越深刻;而大多数人是激情期热火朝天,而随着时间推移,就会淡下来。秩序的天平有时会偏向不断减少投资的一方,在遵守彼此规则的价值观系统中保持互动。我有很多朋友是老夫老妻，他们对年轻人的教育就是包容与忍耐，有了这个"忍"字，很多问题都可以迎刃而解。还记得我跟一个结婚40年的男性友人交流的时候，他告诉我，他的太太给了他充分的尊重，即自己去哪里太太从不过问，他在这种包容的状态中获得了最大限度的自由。任何女人都没有自己的太太好。她太太的脑中也有一个世界，她认为：过好自己的人生更重要，孩子是自己的，教育是自己的事情，生活也是自己的，其他的都没有那么重要；爱也不必每天表现在关系中，睡觉的时候都是各睡各的，两个人都是独立的个体，只是婚姻中需要对方的时候，身边有个人就好。

几位年轻的女性友人听到她太太的分享，不禁问道："你们为什么不离婚？感觉你们并不需要彼此！"

这位太太淡然笑道："我们为什么要离婚呢？这样，也挺好。"

第三章　去你家借本书

到东京，为闺蜜庆祝新婚，我既紧张又激动，内心深埋着对她的祝福——一定要幸福！

有野心的女性真的会发光

牺牲我，成全你

我有两个闺蜜，都嫁到了国外，一个嫁到了东京，一个嫁到了加拿大。她们两位都是事业女性，出嫁时，一个 34 岁，另一个 40 岁。虽然她们的先生没有什么共性，两个闺蜜的性格也没有什么共同点，但她们嫁人的时候传递的情感都是一样的——"牺牲我，成全你"。

作为闺蜜，我虽然很为她们开心，但坐在婚礼现场的我有些焦躁。

与一个人在一起，代价必须是牺牲？我在 20 多岁的时候也经历过一段情感，其间我迷失了自己，甚至想过放弃事业，因为对方更希望我 all in 在家庭中，像一个女人的样子。

那个时候虽然我很年轻，但深受原生家庭的影响。我们家

第三章 去你家借本书

是在我很小的时候就不断强调要做独立女性的家庭。我外婆生长在大资产阶级家庭，在那些日子里她被认定为出身不好，过得不如意，在她20岁到40岁将近20年间，被迫与外公分开，两个人分别居住在两个城市。而外婆是一位坚强的女性，她凭借一己之力，生养了三个女儿。家里的柴米油盐酱醋茶与人生的酸甜苦辣都要靠她一个人去扛。我妈妈是老大，她在很小的时候就跟着外婆一起做家务，照顾妹妹们，那时便扛起了家庭的重担，她从小就知道一个女人独立的重要性。

我妈在事业如日中天的时候选择下海做企业，她30多岁风华正茂，披荆斩棘地开创了自己的事业版图，我父亲则照顾家庭更多，逐渐形成了一个男主内女主外的家庭风貌。我妈做企业很忙，外婆经常来家里照顾我，她对我说得最多的话就是："张萌，你未来一定要成为一个不靠男人的独立女性！"那个时候我才上小学呀，这就是我的成长环境，女性独立的意识深刻地影响了我所有的人生选择，让我在婚姻、家庭、事业的决策中处处带着独立的意识。而这份独立的意识更深刻地影响到我的为人处世，以及不害怕、愿意担责的人生态度。

自2013年创业以来，我遇到了很多困难，每次遇到挫折的时候，我就会想到妈妈和外婆，她们虽然生长在不同的时代，但都独立面对了很多困难与挫折，而我一定也可以。

有野心的女性真的会发光

2014年,我入选达沃斯世界经济论坛的全球杰出青年,当时在会上与谢丽尔·桑德伯格女士会面,那时她在Facebook担任首席运营官。正值当年《向前一步》红极一时,而我更欣赏的是她的另一部作品《另一种选择》,讲述了她在丈夫突然去世后,如何重整旗鼓的经历。她拥有很美好的家庭与爱情,只不过相较一般人稍短暂些。当丈夫意外身亡后,她并没有长时间陷入悲痛情绪,而是勇敢地走了出来,续写了自己的人生。

应该值得庆幸,她找到了一份自己可以为之奋斗而每天欣喜不已的事业,认准了就义无反顾,即便是最悲苦的时候,她也能在事业的怀抱中躲避思念丈夫的苦。女人有一份自己钟爱的事业,对她来说无疑是一个避风港。每当我在人生中遇到困难,总会到事业中避风躲雨。我经常开玩笑说,我越经历一些不开心的事情,事业反而越能蒸蒸日上。它是让我专注的方法,专注于如何突破困难,实现目标。其实不光是事业,如个人爱好,像阅读、画画、打拳、"撸铁"对我来说都是如此。找到自己的避风港,才能让自己在低谷时期同样拥有高光时刻的盎然。

很多千古流芳的女性,她们的高光时刻同样来自她们的低谷期,李清照的"凄凄惨惨戚戚"成了千古名句,木兰的替父出征成就了她千古传唱之歌,居里夫人在外界不看好她的时候获得了学术最高奖项。经历困难后，自然会收获更多的坦然与平和，这更是因为遭遇不公后同样也会收获价值。用好这股"不顺"的力量，能让自己的事业更上一层楼。生活中一切好与不好的经历，都是用来磨砺自己的。唯一的救星只有你自己。每次跌倒时，我都会告诉自己下次会飞得更高。

前段时间看一场直播，一个女孩儿怀孕了向主播连麦求助，她说自己跟对方好了3年，发现对方原来有家，结果刚要分手，发现已经怀孕。女孩跟对方商量，对方给了她两个选择：一个是让她把孩子生下来，对方继续保留过去的家庭，跟她也有一个家；一个是给女孩儿3万元，让女孩儿把孩子打掉。

女孩儿平时做电商生意，每个月收入能达到六七万元。她不想生下这个孩子，于是找了律师，想跟这个男人要更多的分手费。这个女孩儿很迷茫地问主播，自己究竟该怎么做？主播是一个男性，劝女孩："放下吧，从这件事已经看出这个男性就是这样一个人，花再多时间等他给出更高的价位，不如好好经营自己的事业，你看你自己半个月就能赚回这些钱，干吗要从他身上求得这些钱？"

我看了这场直播，设想出两种场景：一是如果这个女性自己每月只有5000元的收入，她应该怎么选？二是如果这个男性给女性开的价是300万元、3000万元或者3亿元呢？这个女性的选择会不会不同？

相信每个人都会做出不同的选择，金钱是有一定震慑力的。如果金钱可以影响到一个人的行为，对头脑清晰的女性来说，拥有自己生钱的能力远比向那个男人索取金钱更为重要。过去女性谈钱还会有点儿羞怯感，现代女性可以大大方方地谈钱，尤其是拥有了十足的赚钱能力与正大光明的赚钱渠道。中国女性就业率排名世界第一，这是助力女性创造财富的优质土壤。但突围到顶端的女性还是少之又少，女性除独立意识需要觉醒之外，提升创造财富的能力也很重要。怎样让欲望与能力挂钩，是更重要的话题。我之前出版过一本《让你的时间更有价值》，值得一读。

"单位时间货币价值"是一个很好的概念，可以用来测算时间的价值。用全年收入除以365，求得你每天的收入，然后再除以24，这就是你每小时的收入。如果你对这个数字不满意，就需要思考几个问题：首先，你的行业是不是一个高速增长的赛道？在行业问题上，选择远比努力重要。其次，你的工种是不是一个天花板很高的工种？每类工种都有它的局限性。再次，你的成就动机是否充足？你到底有多大的动力去实现自己的目标？愿意牺牲什么来实现目标？最后，你的本领是否过硬？职业赛道就像一场格斗，武功强者获胜概率大。

第三章 去你家借本书

假设明天是自己生命的最后一刻,今天你会对自己说什么?你是会后悔自己的一生,还是会觉得无比满足?用这个问题来检验"牺牲—成就"的故事再恰当不过。

母亲身材娇小,但她有一颗大心脏,遇到再大的困难也总要挺过去。她曾说,再多困难,都不是困难,时间一过,就会淡忘。

有野心的女性真的会发光

雇用别人的时间

在上海图书馆对话凯文·凯利,最后一个问题我请他分享人生中最受用的一条建议,他说:"很后悔年轻时没有明白一个道理,即每个人的时间都是有限的,延长时间最重要的方式就是——雇用别人,或者跟别人合作。"

这个道理也是我从 26 岁创业至今一直奉行的一条准则,只不过我并没有像他一样,把这条道理总结出来。他的思想深刻,由表及里地将这个问题分析得很透彻,并在人生走过高光时刻后,依旧把这条准则奉为金科玉律。我当时与他面对面坐在舞台上,虽然台下的读者已经排起长长的队伍等待签售,人群喧嚣,但我能分辨出他的每一丝言语,这句话的声音至今清晰地印刻在我脑海里。

第三章 去你家借本书

雇用别人的时间，到底意味着什么？

我最早创业做线下的实体咖啡，运营过连锁店。其实在这之前，我曾到访德国，看好了一个有50年历史的咖啡品牌，想在中国做授权运营。可那个德国企业是个家族企业，奉行的原则是稳扎稳打。在不了解中国市场的情况下，他们并不想贸然进入。那个时候连锁加盟业务我没有谈成功，因此创办了自己的咖啡品牌。我每天非常辛苦地做着从0到1的工作，如品牌视觉、供应链、员工培训、运营、市场等，一切都是全新的。那个时候一家一家门店开得很辛苦，我虽然也雇用了员工，但始终还是在自己对品牌理解的基础上去认知这个商业世界。

后来2015年，我看准了内容行业的发展，将沙龙等线下的活动内容平移到互联网，与平台合作，宣传推广我们的内容，并将"门店"开到互联网上。那个时候，我有更强大的合作伙伴——内容付费平台。在他们缺内容，而我缺流量的时代，我们展开合作，专注于内容研发，并提升了一定的影响力。现在我的很多读者便是从那个时期认识我的。平台意味着更好资源的垂青，你用钱与其他人置换了资源，收获了更大的价值。

2020年，我引入企业合伙人，虽然这意味着更多的分配以及财务支出，但企业发展速度也可见一斑。我开始明白与人分钱的真谛。当更多人愿意与你一起创造价值并不断优化收入分配的时候，且你有心胸让别人比你赚得更多，这意味着你有更多腾飞的机遇。学会这个道理，我当然经历过深刻的教训。当年的自己比较自我，分配得太少，自然会有手下滥用职权去拿自己不该拿到的部分。

创业的过程就是不停吸取教训，每每遇到挫折，我便告诫自己：你的很多挫折都来源于自己不分配，或分配得不充分，这就会导致那些无法预期的情况发生。

我们为什么不愿意与其他人分配？恐怕源于人类最原始的自我保护性，丛林中被野兽追逐，自然灾害，子女降临却夭折……这些最原始的对不确定性的恐惧以及对安稳性的追求，让我们希望掌握更多的确定性价值，如货币的产生、私有资产的拥有，让我们希望自己能拥有更多确定性的可衡量的价值感。

一次线下活动，一位读者问我："萌姐，我为什么这么想挣钱？"

"你缺钱吗？"我问。

"我也不缺，我已经挣得够多了，可我还是想挣钱。"

或者也有这样的应届生读者来信说："萌姐，我希望一年赚100万元，请你告诉我方法。"

他们从未想过，自己为什么需要钱，此刻，此生，到底多少钱够用。如果我们认为自己缺少的，其实并不是自己真正缺少的,那为什么要一味追逐自己并不需要的东西?就好像,如果我们并不需要一块石头,但是周围的人都在追逐这块石头,或者有人告诉你需要这块石头,你就不明所以地去以拥有这块石头为人生每日奋斗的动力,那你此刻真的要停下来问问自己:是不是需要这块石头,有了这块石头能怎样,以及用这块石头来做什么。

钱,也是一样。你需要它吗?你到底有多需要它?我们需要的是钱本身还是钱背后的价值?如果你需要爱,那应该爱人;如果你需要一个温暖的家,你应该思考如何拥有一个有温度的家庭;如果你需要健康,你应该思考花费多少时间及金钱,获取什么样的资源让自己收获健康。

一些人的看法是,人可以先赚够钱,然后再拥有什么样的人生,这其实是一种结果主义的追求。如果追求到了这样的人生,我们会很幸福;但如果我们没有追求到这样的人生,就会落入痛苦的情绪,我们的一生便会在追逐结果的不安中度过。而另外一种模式也很类似,但拥有的人生版本会完全不同。它代表过程主义,我们追求的是在人生实现梦想过程中的乐趣所在,我们会经历高峰与低谷时刻,接纳痛苦与快乐,不论是让自己幸福的还是痛苦的,都是生命的果实。只要是生命的果实,都是人生馈赠的礼物,都应该用喜悦之情接纳。

这样不论最终是否实现了目标,这个过程都是充满意义的。我们将感恩生命馈赠的一切,甚至感恩生命本身,它是我们的幸福之源。人生观决定幸福本身,这是一种有选择的决定权,这个权利一定要握在自己手中。

你能与多少人产生分配价值,就与多少人的幸福人生相关联。成就更多人的幸福人生,本就是生命的意义所在。

第三章　去你家借本书

恋爱脑李莫愁也挺好

很多金庸迷都不喜欢李莫愁,批评她"恋爱脑",痴情于陆先生,因无法与他相伴一生而不能释怀。小时候我也不喜欢李莫愁,觉得她只因自己感情生活不幸福就滥杀无辜。最近出差颇多,路上带的书都看完了,闲来无事又读起《神雕侠侣》,瞬间喜欢上了李莫愁,自觉她也有不同的韵味。

她是一个"恋爱脑",自从年少时爱上陆先生,便自认为终生是他的女人,当得知爱人背叛自己另娶他人,她能信守武林承诺等待10年。10年后在江湖中寻找爱人身影,要与之决一生死。她为爱等了10年,又因为一句承诺坚持了10年。

她是个有骨气的女侠,也是一位痴心爱人。还记得当年学粤语的时候,我学过一句话:"应承的你,我实会到。"(答应你

有野心的女性真的会发光

的事，我一定会做到。）现在想来，说的就是李莫愁。书中有一个细节让我动容，当她进入活死人墓，与杨过、小龙女被关在墓中的时候，她关注到了当时的傻小子杨过，她用剑指向小龙女要刺去，这个时候杨过以命相挡，要保护小龙女。我小时候以为杨过与小龙女单纯只有爱情，长大后才发现根本不是这样。杨过从小没有家庭的温暖，他虽有黄蓉和全真教的多位师父，但均未传他武功，唯有小龙女答应了孙婆婆之托，信守承诺，照顾了杨过数年。在这样一种情况下，杨过保护小龙女，会是因为男女之爱吗？我认为他有一种出于亲情与回报的本能，更是一种担心小龙女死去，从此重回孤身一人的孤寂感。杨过不想再被抛弃，出于恐惧，他选择站在小龙女前面，挡下李莫愁的剑。

李莫愁喃喃自语，要是有人也能为她付出生命，真是无憾。作为被逐出师门的人，她说她并不是忌妒师父传武艺给小龙女，而是忌妒她有一位真正爱她的男人出现在她生命里，而李莫愁自己却没有遇到。

得不到的，永远是最好的。金庸先生并不是残忍的人，他将李莫愁描绘成一个武林高手，无人能敌，就像是现在的女首富，在事业上取得了举世瞩目的成就，但在世人的评价中也有瑕疵，那就是她终生未嫁。

第三章 去你家借本书

前两天在日本与朋友相会，对方跟我讲起少年时代的爱情故事。过了几十年，在这位友人记忆中最美好的事情都是那些短暂的美好，这个度就刚刚好。

比如喝酒喝到微醺，继续贪杯会醉，不喝的话不免过于清醒理性；比如恋爱的前6个月，见到对方心里小鹿乱撞，见不到对方日思夜想；比如自己挣到的第一个小目标，其后就是扩大规模，规模以下就是跑通模式；如《易经》的"不三不四"，三、四爻的非稳定状态，皆多变数，永远在鼎盛之前有无尽的想象空间。

当然，人生不可能永远处于非稳定状态中，如金牛座的我还是趋于稳定的。然而处于稳定状态中的人可以换一种处世哲学，如与另一半不断追求新的人生里程碑，或者在稳固业务板块中开辟新业务，在平静的生活中增添全新的兴趣爱好。李莫愁纵然一生痛苦，但她也有所得，她不断精进武艺，年纪轻轻就已经超越世人时，她还在追寻武功秘籍，争霸武林。她并非很多人描述的因为爱情耽误一生的人。

我大学时期的导师金韵蓉女士是一位心理学专家、芳疗专家。我有一次直播与金老师对话，她讲到自己30岁、40岁、50岁时都有不同的色彩，而女人不必只有一种颜色，她们可以是百花齐放的。

有野心的女性真的会发光

在金庸笔下《神雕侠侣》的年代,大多数女性有固定的人生版本。老公孩子热炕头,拥有事业有成的先生、一群可爱的孩子,是那个时代 90% 的女性的生存模式,而金庸先生的可爱就在于他笔下女性人生的"多样化与不完整性",各类人生模式、各种人生选择共同组成了多姿的女子图鉴。我也写过郭襄,她与李莫愁虽然不是一类人,但在我的归类模式下属于同类,她们都很鲜活且美好,热爱生命也追求自我价值。如果只用孑然一身和孤独终老去定义她们的人生,未免过于狭隘。

执着,有时候并不是错误,而只是一种人生选择,自己喜欢就好。

第三章　去你家借本书

让所有人都满意就不存在

2023年我打完首场职业拳击赛后，发现自己的力量水平需要提升，于是开始"撸铁"。从8月开始，我保持着每周6~7次的训练频率，3~4次"撸铁"，3次拳击。一次出差跟朋友约练，他是一位健身领域的资深达人，见我戴着手套训练，就让我摘下来。他说："张萌，你怎么还戴个训练手套？你一个'撸铁'的人。"

"我想拥有丝滑的双手！"我回应。

可他接下来说的话，让我印象深刻："你是一个一辈子都会'撸铁'的人，而手掌带茧是你健身塑形的勋章，你应该以它为荣耀。"

我本以为厚厚的茧并不好看，但在我这位"撸铁"朋友眼中，它是勋章。

一个茧，好不好看要看是谁在看。"白瘦幼"好看，是因为你向往"白瘦幼"，你的同类都是"白瘦幼"典型；健美自然好看，是因为你向往着健美自然；单眼皮好看，是因为它吸引的是喜欢单眼皮的同类；胖胖的你好看，是因为有人喜欢胖胖的柔软。每个人都会吸引与其相似的同类。我公司做早起社群，这么多年一直源源不断地有人加入，有人受益，有人反对，有人唾骂。

正如那句老话："你不可能让所有人都满意，即使你是人民币。"

但仔细想想，为什么我们总想让所有人都满意呢？我们应该如何容忍跟自己不同的声音？我也经营着自己的社交媒体平台，如小红书、抖音等，经常在平台看到"黑"自己的人。我常年早起，在平台经常分享自己早起的心得，但总能看到评论区有人说早起不好，会有人质疑你"早起有损于身体""你早起完全是编造的""你如何证明自己是一个早起者"这样的言论。与赞同我的评论相比，我总会优先回复那些反对我、发出负面声音的评论，甚至会给他们送出礼物，试图讨好他们……

有一次，一个铁粉问我："萌姐，你难道不应该给为你点赞的粉丝送更多礼物吗？给反对你的人送礼物，这是什么道

第三章 去你家借本书

理？"这是我第一次开始反思自己，为什么我会如此在意反对我的人的声音？

后来在一个朋友的推荐下，我看了一部电影，它虽然是一部动画片，但意义深刻，它讲了那些网络黑子其实并不是真的黑子，他们只不过是表达自己的观点而已。而他们的观点大都反映了自己的原生家庭，以及不同的成长环境。环境塑造了人的个性，也塑造了他们的思维方式，自然而然地，每个人看待问题以及表达见解时的角度都有不同。

看完这部电影，我释然了。以前总觉得有很多人与自己作对，甚至有些视频火了我都不敢去看评论，很是担心自己被骂。后来想通了这件事，真的给了自己莫大的力量。请站在客观角度，只是冷静、客观地看待这个问题就好，"像旁观者一样看待大家的讨论，仿佛他们讨论的不是你，而是一个陌生人"，这个思考角度能将自己从主观视角抽离，进入一个安全的客观视角中。只要你拥有理性，就不会轻易落入内耗的情绪中，你与负面评论之间能建立起一道厚厚的隔离墙，自然不会受到负面攻击的冲击。

当一个人说你不够美的时候，他在表达的是，他的审美偏好与你不一样；当你的对手说你不够优秀的时候，他试图通过这种方式让其他人更认可他自己的价值；当对方在PUA你的

有野心的女性真的会发光

时候,他一定有自己背后要实现的目的;当对方不相信你的时候,他是在说在自己过去的人生经历中,这样的事实不曾打动过他或让他信服……

当我们无须让所有人都满意的时候,两件事会延伸出来:一个是我们到底应该让谁满意?另一个是我们应该如何表达而不伤害到其他人?

首先,让自己满意,是全天下的首要大事。你是世界上最珍贵的宝贝,而我们每个人都要守护好自己的生命、健康与梦想。定下自己的人生蓝图,然后拼尽全力实现它,这是一段美好的人生之旅。

其次,学会表达也是一件至关重要的事情。我有一个叫Peccenini的忘年交,他是一个成功的意大利企业家。多年前,他曾对我讲:"Christina,你与其他人交往时一定要记住'Do not judge, understand.'"。这是一句朴素的忠告,帮助了我好多年。每当我有分别心的时候,我就会记起Pecce对我说的话,不要评判别人,更不要讲别人的坏话,努力站在他人的角度去理解。

几年前一个餐饮界的老板给我打电话,说一个面试者自称是我们公司出来的,想问问那个人的工作表现。面对这类问题,我都是尽力替候选人说好话,与老板分享面试者的长处,

第三章　去你家借本书

并真诚地讲出他为什么值得被录用。后来这个面试者入职了，并成了这个老板新业务的合伙人。我喜欢曾国藩的故事，刚开始他的政治生涯并不顺利，他郁闷至极，不明白为什么大家都不喜欢自己。那个时候，官场上流行"保举"一说，就是说一个高级官员愿意推荐多少位他的手下获得职位提升。曾国藩一直对手下要求很高，他认为很多人根本达不到自己的要求，因此他每年对手下的保举量一直很低，而他很多政治对手的保举量一直很高。

后来，他对中国哲学进行系统学习后，开始反思自身的问题，并决定彻底改变自己。之后，他从一个政治上受孤立的人，成了一个备受大家欢迎的政客，他的保举量也大大上升，这个数字在同期官员中稳居前列。后来他平步青云，成为一代名臣。我将曾国藩列为自己人生的"七个人物"之一[1]，不仅因为他是一名勤奋的早起者，也因为他是一个通过学习拿到结果的人。后来，我将向曾国藩学习编入青创[2]人的中国哲学之旅学习计划中。曾国藩不仅是一个受欢迎的人，也是一个被他人需要的人。

1　作者在《人生效率手册》一书中介绍过"七个人物法"，从自己内心的七个榜样人物出发，找到自己的人生目标，并拆解出具体的行动目标。

2　Youth Startup，作者创立的青年创业服务品牌。

● 有野心的女性真的会发光

下次，在评判他人的时候，可以试试看只说别人的优点，以及包容别人讲自己的"缺点"。因为那也许不是自己的缺点，只是在他们的人生阅历中，这个"特点"成了他们眼中的"缺点"。

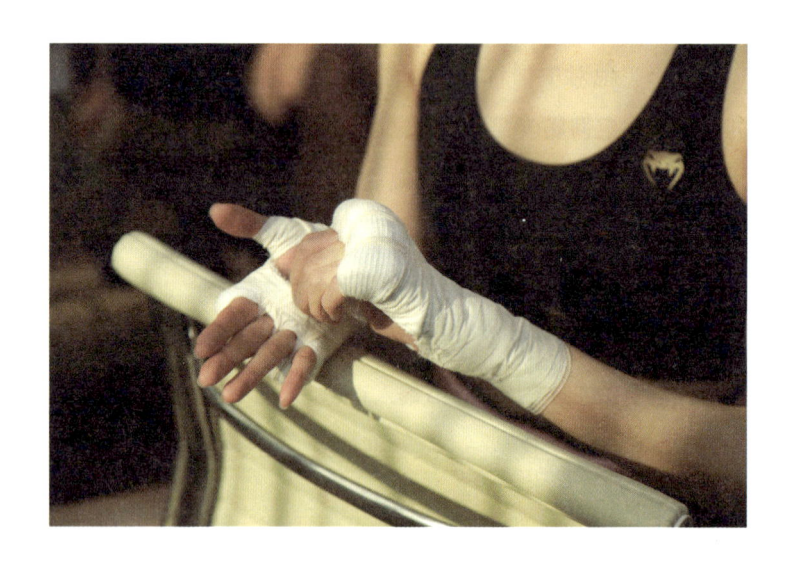

永远相信自己，你是最好的自己。

第四章

孩子，
抱歉我不是一个好妈妈

在家庭、事业之间，你还是你自己。

第四章 孩子，抱歉我不是一个好妈妈

母亲与孩子

蜡笔漫画一样的色彩，在梦中，我开启了一段古堡的旅程。

5月6日的夏夜，我走进了一个房间。烛光摇曳，风轻吹，影子在墙壁上跳舞。一个小小的角落坐着我的女儿小A，那么乖巧。我吻了吻她的脸庞。她用柔软的小臂搂住我的脖子，嗲声嗲气地说："妈妈我睡了，晚安。"

我走出房间，径直走到走廊的尽头，屏住呼吸打开了一扇门。只见一个硕大的户外游戏场，里面有水滑梯、疯狂老鼠、巨型秋千、吊桥等游乐设施。我今晚的任务是要坐10圈疯狂老鼠，迎接一个怪兽的挑战。我朝着桥走去，一个蒙着头的小孩向我冲过来，扔下一张纸条，掉头就跑了。我捡起纸条，上面写着：

有野心的女性真的会发光

"坐疯狂老鼠转第三圈时,一定要跳下来,切记。"

我向四周看了看,完全没有人。疯狂老鼠的大喇叭开始奏响它的音乐:"谁敢挑战我,谁就是王者!还有两分钟即将启程。"

我跑向疯狂老鼠,跳到了一节座位上,刚系好安全带,它就启动了。

一圈,两圈,它跑得很快,我不敢睁开眼睛,头晕目眩地想吐,马上到第三圈,我想起了那张纸条,但觉得可能是某人的恶作剧。这个时候一个巨大的声音冲我喊:"快跳下来!"我被一股莫名的力量推下了车,跌到了地上,手触地,全是血。就在这时,疯狂老鼠脱轨了,整列车从高空摔向地面,摔得粉碎……

小 A 慢慢朝我走了过来,扶着我起来,看着我的手,心疼地掏出手帕帮我包扎。"妈妈你疼吗?妈妈我扶你坐会儿。"她用那坚毅的小眼神看着我,用尽全力拖着我一步步挪到了椅子旁。她很小,奶声奶气,但有力量。我听着她急促的呼吸声,很纳闷儿:她明明睡了,怎么还会来救我?

我没想太多睡了过去。第二天去工作,结果身体很不舒服,就直接回家了。我径直走回房间躺着。

这时隔壁传来一阵喧闹声,几个孩子在激烈地争执着……我等了一会儿,争吵声还没停止。

第四章　孩子，抱歉我不是一个好妈妈

我走到隔壁房间，打开房门，小 A 坐在她的沙发上正对着我，还有两个跟她同龄的女孩儿背对着我。

只见她脸色惨白，眼神飘忽。我关切地问她："没事吧，小 A？你们怎么了？"

另外两个孩子也都一动不动，丝毫没有跟我打招呼的意思。我一边纳闷儿这些孩子怎么回事，一边走到一旁，转向两个孩子。

我不敢相信自己的眼睛！

她们俩长得跟小 A 一模一样！三个小 A！

不？！她们谁是小 A？我的女儿是哪个？

我一阵眩晕，倒在了地上。

醒来时，我已经躺在床上，小 A 握着我的手坐在床头。我刚要说些什么，这时，小 A 伸出食指，做了一个嘘的动作。她调皮地转过头，招了招手，另外两个小 A 也来到了我跟前。

小 A 说："妈妈，当年你生下我的时候，其实还有两个，我们一共 3 个人。我们平时都是 24 小时伴你左右的，只不过这么多年我们约定，不能同时在你面前露脸。我们中一个负责让你不断关爱我们，一个暗中守护你，另外一个负责扮演一个好孩子。我们都是小 A　……"

我很疑惑，但眼睛有点儿湿润。

第一个小A说:"妈妈,我知道你想做一个好母亲,爱护我们,养育我们,所以我主要负责扮演一个孩子,我示弱,有时会胆怯、调皮,我能得到你时时刻刻的关爱。我是你的母爱时刻。"

第二个小A说:"妈妈,昨晚我在你身边暗中守护你。我担心你被怪兽吸引,一直在一旁保护着你,那个纸条就是我递给你的。我是你的守护时刻。"

第三个小A说:"妈妈,一般学习、考试、竞赛都是我去参加的,所以我负责认真学习,考出好成绩,家里的奖牌、奖杯都是我的成果。我是你的荣耀时刻。"

我有三个女儿。她们是三个人,但对我来说,她们自始至终都是一个人。

也许,对我母亲来说,我也有三个我。

第四章 孩子，抱歉我不是一个好妈妈

另一面原生家庭

我是一个平和的人，我承认，我有点儿困难上瘾症。每次遇到困难时，我总会对那种焦灼感上瘾，那一刻我能感受到自己肾上腺素飙升带来的血脉偾张，接着平和和冷静就会注入全身。然而7年前，我并不是一个这样的人。

我变革了部分原生家庭对我的影响。从11岁到30岁，我拥有同一种性格，就像是妈妈性格的1:1复印。我有一个伟大的妈妈，她为我牺牲了一切。她认为，做妈妈等于要牺牲一切。而7年前，我发现了自己性格的部分缺陷，并做了一场长达6年的自我变革，终于掌握了自我改革的秘诀。我也开始逐步修炼，变革成了一个全新的自己，现在的我已经成为自己理想中的样子。

有野心的女性真的会发光

说起原生家庭,有一面是我永远不愿提及的,就是我的父亲。

故事回到1991年,那年我5岁,此前父亲被检查出脑瘤,需要进行第一次脑手术。术后,他的右半身瘫痪了,也患上了命名性失语症,父亲除了记得我的名字,其他人的名字都忘记了。那时我去医院看望父亲,妈妈在一遍又一遍地教他看图识物,当时我还笑话他说:"爸爸,你知道的还没我多呢!"(现在我后悔不已,只不过再也没有机会道歉了。)

几个月后,父亲出院回家,开始复健。右手从基本抬不起来,到慢慢开始有握力,但他始终都没恢复到最初的样子。那个时候我上小学,我记得他的左手很有力。冬天马路上都是冰,我走路很容易滑倒,每次我刚要滑倒的时候,他总会用有力的左手把我提起来。他告诉我,他要一直陪伴我,直到我上大学。直到6年后,1997年12月,父亲被再次送往医院进行开颅手术。临行前,他递给我一包零食,我把它藏在书柜里,说等他回来一起吃。

那天我正好在期末考试,忽然老师把我叫出了教室,妈妈拉着我上了车,路上让我把粉红色的毛衣脱掉,换成一件黑毛衣。妈妈坐在我旁边满脸是泪,哽咽道:"萌萌,爸爸永远离开我们了……"

第四章　孩子，抱歉我不是一个好妈妈

11岁的我对生死还很模糊，赶到医院时，爸爸已经离开了。我简直不敢相信眼前发生的一切是真的，他的身体明明还有温度，我冲着他大哭，叫喊着："爸爸，你睁开眼睛看看我吧！爸爸——"可他再也没能睁开眼睛回应我，我很自责——我并没等到爸爸康复，就把藏在书柜里的零食吃掉了。一定是我害了爸爸，我没能信守承诺！为这件事我自责了很多年。

爸爸火化后，我回到学校上课。除了班主任，没有一个同学知道我父亲去世的消息，我不希望大家知道我是一个没有爸爸的孩子，更不希望他们同情我。大概从那时起，我开始默默承受很多，也开始知晓人生总有太多无常，对命运中的一些事，我们始终没有任何办法改变，愿意接受的与不愿接受的，都只能默默接受。

那时，母亲经常陪我一起睡。她白天管理企业时，镇定自若。但说实话我最最害怕的就是跟她在一起的夜晚。我时常会被她的号叫声吵醒，准确地说，那并不是一种吵醒，而是被吓醒、惊醒。突如其来的号叫声伴随了我整整一年多。我知道她心里苦，她爱爸爸，而父亲去世的那年，她才不到40岁，跟我现在的年龄差不多，内心自然承受不住相恋爱人的突然离世，以及日后需要独自抚养孩子所面对的未知恐惧。

也是从那时开始，母亲的性格变得异常敏感而暴躁。她的

生命中只剩下了我,她担心因为父亲的离开让我得不到完整的爱,于是她非常努力地既做爸爸又做妈妈;对我的安全更是过分地关注,她逐渐封闭了我的社交圈,将一切可能给我带来威胁的因素全部隔离。无奈,我跟同学也慢慢疏远,放学后我从来都没有机会与大家来往,只坐在自己的书房中,书成了我最好的朋友。对母亲来说,确保孩子的安全是第一位的。对我来说,遵从母亲的安排也是一种爱她的表现。我开始用好成绩与服从来回应这段母女关系。

后来,母亲的敏感、暴躁与咆哮逐渐进入我的性格中,从11岁到30岁,这么多年我完整地复制了母亲的性格,我因缺失安全感而努力奋斗,通过勤奋与刻苦获得自己想要的一切,回应母亲的付出与牺牲。

可30岁那年,敏感、易怒的我被查出患有甲状腺多处结节时,我开始反思:为什么我无法做到情绪平和,难道我本来就是这样敏感、易怒的人吗?转而想到11岁以前,自己也曾是一个开怀、乐观而温暖的人。也许,我可以重新找回本来的自己。人生是一场自我探索之旅。所有文章都是我在进行自我探索的过程中写成的,而今我已经完成了阶段性使命,找回了那个童年时代的自己。

第四章　孩子，抱歉我不是一个好妈妈

与日出相比，日落同样很美，就像我的亲生父亲，虽然他离开了我，但他给予我所有的美好，在记忆中永恒定格。

有野心的女性真的会发光

一个独立的房子

上小学的时候,家里条件好了一点儿,我们搬到了一套三室两厅的房子中,爸妈给我安排了一个挨着入户门的小房间作为我的书房。从此我就有了自己的独立空间,开始了自己的遐想人生。说到房子,美剧《情妇》中的萨维始终不肯卖掉自己的房子,她跟妹妹说,在找到这个房子前,她一共搬过11次家,而这次她不想再搬家,因为在这个房间中她拥有了独特的记忆。

我也开始在头脑中一间间地回忆自己的房子,我还没出大学校门的时候就开始创业,我也一直租房子住,前后共换了7次房子,一直都没有一个属于自己的家。

我人生中买的第一套房子是买给爸妈的。我一直对母亲

第四章 孩子，抱歉我不是一个好妈妈

怀有亏欠感，她为我奉献了一切，而我能做的唯有报答她。创业初期，经济上稍有起色的时候，我就想给她买一套房子。2019年，当我得知她在看房的消息后，立即冲到了她看房的售楼处，锁定了她看房的位置后，两个月内凑齐钱交了首付。如今父母的居所就是我当年奋斗的成果，老两口儿都非常满意。2022年春节，我又在另外一座城市给他们买了第二套房子，希望他们养老时有一个闲适的居所。

在我的个人排序中，一直都没有把自己排进去，我总是希望通过自己的奋斗让父母生活得更好一些。不知道为什么，我内心总对爸妈有愧疚感，希望他们可以生活得再幸福一点儿。其实父母从来都没有要求我做什么，他们每次见我都是说："萌萌，你工作太忙了，一定要照顾好身体。"这份担心一直持续至今，这么多年过去了，从未变过。他们从两鬓灰白到满头银发，尤其是两年前的冬天，我继父突然昏倒在地，一周送了两次ICU。这让我每天都活在惶恐中，很担心命运把我第二个父亲又推向死亡的边缘。当年亲生父亲生病离世的一幕幕浮现在眼前，我很害怕这位父亲也离我们而去。

从11岁父亲离世，到如今的35岁，这一幕惊人地相似。面对他们的生与死，我长大了，但更胆小了。11岁时我只会哭泣，35岁的我内心软弱却故作坚强，我镇定地鼓励着母亲，当

有野心的女性真的会发光

年让她痛彻心扉的离别,不会再来一次了!我祈求上天放过父亲,我每日阅读医书,学习健康知识,遍访名家,希望给他的生命添加一点点延长的机会。好在最终死神暂时放过了他,本来被宣判只有3~6个月的寿命,如今已近两年。父母一点儿也不依恋我,而我对他们依恋万分。如今他们搬到了北京,每次他们回老家、离京之时我都要催促他们尽快赶回来。只要在北京,我每周都要约他们见见面,没事就要与他们唠唠嗑,说说话。

这几年,父母身体的"零部件"都换了一遍,进行了一下整体维修,等最后一件工作做完以后,我发现我要做的都完成了。这个时候,我还能做点儿什么?我想到了小学时那间属于自己的房间,虽然不大,但它完整地属于我,踏踏实实地让我拥有安全感。我想拥有这么一间房,按照自己的心意去设计。

这个时候,内心又有了一个不近不远的flag(目标)。那天与母亲聊起这个想法,她笑着问我,你想要一个什么样子的房子?

独门独院,有一间小花园。无须太大,但都由我来设计,要很有我的风格。

我的风格是什么呢?

我的家,要有一种闲适感,与现实隔绝开来。房间要有一种被包裹起来的感觉,远离人群,只属于我自己。白色配上

第四章 孩子，抱歉我不是一个好妈妈

碎花，绿色的、粉丝的、红色的，深深浅浅的碎花与金色搭配在一起，有使用痕迹的木质楼梯，天鹅绒的窗帘，白色漆的铁窗，推开窗可以嗅到院子里月季的芬芳。日光下的绣球随风而动，书倒映在地面上露出斑驳的影子。推开门，沿着木质楼梯拾级而上，就到了书房。我的书房，四壁都被书架环绕，中间有一个温暖的壁炉，茶在炉子上煮着，飘着悠悠香气。那个宁静、安谧的地方，就是让我内心感到安稳的地方。

"不乱于心，不困于情，不畏将来，不念过往。"虽然它还不是我的家，但我知道快了，它已经在我内心置下，我随时可以在脑中调动念头与它联结，只待时机成熟，就会成为它的主人，共同拥有一段好时光。

对有些人来说，物质上的拥有才是拥有。于我而言，脑中拥有了，我就已然拥有了它。

> 在这间属于自己的房间里，她不需要怨恨任何人，因为任何人都伤害不了她；她也不需要取悦任何人，因为别人什么也给不了她。
> ——艾德琳·弗吉尼亚·伍尔夫

顺便一提，就在今年，这间房已经从梦想照进现实。

■ 有野心的女性真的会发光

家里各个房间,我最在意自己的书房,它是我待得最久的地方,是我的避难所、我的港湾,以及我旺盛生命力的激发之地。

第四章 孩子，抱歉我不是一个好妈妈

孩子，抱歉我不是一个好妈妈

一天，萌妈突然问了我一个问题："宝贝，你觉得我是一个好妈妈吗？"

当时我正在喝水，差点儿呛到，说："你怎么会问这样的问题？"萌妈很认真地说："我觉得我不是一个好妈妈。"说着，她有点儿湿了眼眶。

我摸了一下妈妈的头，顺着发丝往下捋，说："妈妈，在我心目中，你就是最好的妈妈，没有之一。"

后来闲时想起萌妈的话，才发觉这么多年之后她在做自我反思，时不时地回忆起人生过往。我写这部散文集时，有时会往家庭群里发一些写的篇章段落，第二天我收到了萌妈的回复："妈妈因此生有如此优秀的女儿而无比骄傲自豪，你也圆了

妈妈的梦想——好口才，好文笔，好漂亮。"

我看到了这一句"圆了妈妈的梦想"，不禁笑了笑，妈妈还是老样子，"女儿圆了她的梦想"。

老一辈父母培养孩子的方式是希望子女成才，而成才的标准是社会性的，也是私人性的。说它是私人性的是因为培养的孩子是符合家长审美的产物，有点儿类似物品私有化的概念。其中的物权思想是极其浓厚的，"你属于我，你是我的，所以你要听（我的）话"。说它也是社会性的，是因为有时培养什么样的孩子，父母也没有统一的标准。

近期看了一部电影《学爸》，黄渤老师饰演的父亲最早对孩子是放养式的，而孩子在放养的环境下学会了中医点穴，一个6岁的孩子在没有父母任何要求的情况下，可以背诵出任何一种穴位及病症对应的解决方案。可这位爸爸没有看到孩子在中医领域的天赋，转而训练孩子为升学准备的才艺，甚至让孩子练起了编钟。对于这件乐器，孩子一点儿兴趣都没有。这部电影中的父亲对什么是理想的孩子其实并没有一个明确的定义，而是被身边"鸡娃"的父母裹挟着定义了一系列标准，这个标准是世俗性的，更是周围人都会认可的标准。

萌妈培养我，有一套标准吗？我培养孩子，有一套标准吗？

我想这需要一个秩序。一个成年人、一个监护人需要给自

第四章　孩子，抱歉我不是一个好妈妈

己与孩子定义一种秩序，但这份秩序应该是两颗星星互相照耀，而不是小星星附属于大星星。

也许家长会觉得孩子太小，得有人庇护，可被庇护多了的鸟儿还能自己飞翔吗？接下来又会有一种反馈，如果不庇护，那鸟儿还能成长吗？我观察过小婴儿，他自己走路摔倒后，会抬头看看大人的反应，如果大人都表示好疼，要安慰他并把他扶起，这时他通常会很配合地哭出来。可如果大人若无其事，他就会自己爬起来，继续行走。这是坚强还是软弱？孩子在历练的时候也会观察身边人的反馈。孩子的各种表现都是家长输入编程语言指令后的结果，这套程序会随着时间越来越熟练地运行，甚至会变成一套无须思考就会自动触发的机制。

回想创业10多年以来，自己每次的成长、飞跃都是在巨大困难之下挺过来的。就如肌肉训练，"撸铁"负重，对肌肉施加适当的负荷和刺激，引起肌肉纤维的微小撕裂和损伤。正是这种撕裂和损伤，激活了身体的生理反应机制，刺激了身体自行修复的过程，使身体启动肌肉再生和适应性增长的机制。

在撕裂后，身体会通过修复和重建肌肉纤维来适应负荷的需求。这个过程涉及肌肉蛋白质的合成和增加，以增强肌肉纤维的大小和强度。随着时间的推移，这种修复和增长的过程会使肌肉更加适应负荷，从而实现肌肉的增长和力量的提升。

与之类似,人类的成长也是伴随撕裂的。那些有极大成就的人,无一不是在撕裂中醒悟的。有时我们看到的光鲜亮丽只是一个人的正面,他一转身即可看到他的一地鸡毛。正如《学爸》首映现场,我准备的发言:"在这部电影中,我看到了家长的撕裂与喜悦,一种看似二元对立的关系,其实互相融合,互相成就。"哪个家长不是在撕裂后才慢慢学会如何当父母的?正如我们的人生,苦咖啡亦有甜味。

孩子,我无条件爱你,到永远。

第四章　孩子，抱歉我不是一个好妈妈

平衡是一个伪命题

有一次我可以在直播中连麦一位成功的女性，主办方给我准备了一个问题："请问你家庭、事业、学业是否平衡呢？"我很不想问这个问题，总感觉这类问题有些冒犯。作为一名创业者，我在面试的时候从不会问女性候选人"你能平衡事业和家庭吗？"这样的问题。

有的时候媒体采访我，也会问同样的问题："张萌老师，请问你如何平衡家庭与事业呢？"

我们为什么要平衡？如果我相信生活永远都是一个失衡的状态，那么我接受这个事实就好了。为什么一定要在不可能当中选择可能？对每一位在各方面都有追求的女性来说，也许只有不到0.01%的人拥有绝对意义上的平衡状态，而剩余的女性

有野心的女性真的会发光

都处在相对意义上的平衡中。

对我来说,生活永远都是相对平衡的。作为一名对事业有着真挚而持久的爱的女性创业者,我无法做到回到家庭后就忘记团队使命,最多只能在度假的几小时内暂时不和团队联系。等家人不需要我的时候,我就会看公司审批,给手下对方案的意见,关注项目的进度如何等。其实在公司也是一样,工作忙到疯狂时候,我还会惦记家人快不快乐,开不开心,健不健康。你说我工作时不想家庭,在家时不忧心工作,那是绝无可能的,工作与家庭它们像太极图一样彼此对立又彼此渗透。创业10多年了,这两件事没有一天不是同时入心入脑的,有时候连做梦它们都是交织在一起的。

但这并不代表一个事业女性不能过好家庭生活,也不代表一个拥有美好家庭生活的人就要放弃事业。

我曾经是一个很绝对的人。2016年我被查出了甲状腺多处结节,当时每天工作压力巨大,我总觉得疾病是工作带来的,而让疾病消除的最好办法就是关闭公司。这种"绝对思维"在我的头脑中停留的一刹,我瞬间觉醒了。

世界上有很多快乐且健康的CEO,为什么我不是其中一个?世界上也有很多失业女性被疾病缠身,我如何保证回归家庭、远离工作就可以保持健康?每当遇到困惑的时候,我就会

第四章 孩子，抱歉我不是一个好妈妈

望向更高、更远的世界，跳出我的圈子来思考问题。也许，我可以做一次自我挑战。

多年前，我就听说过巴顿将军的那句经典名言："衡量一个人成功的标志，不是看他登到峰顶的高度，而是看他跌到低谷的反弹力。"30岁的我想挑战一次谷底反弹。在我事业转型受挫、深受健康问题困扰的时候，我与自己制订了一个150天的康复计划，学习了医学健康领域的专业知识，并开始为自己制订调理改善计划。我开始很认真地过每一天，一个CEO每天除家庭和事业之外，她还有她自己的生活。健康饮食、运动健身、情绪调整、作息规律是我的四大法宝，我制订了几条人生规则，至今我还在执行：

① 早起必须早睡；
② 根据身体的需要去饮食，科学饮食，聆听身体的声音；
③ 杜绝大众健身，成为一名专业运动从业者；
④ 每年生气的份额只有3次。

现在的我快40岁了，一年的生气份额连一次都没用上，我还成了一名职业拳击手，成了健康饮食达人，朋友会咨询我在

健康管理方面的建议。不到10年,我为自己换了一副身体,虽然年龄增长,可我的体力、精力却比20多岁的时候更胜一筹。

我明白了一条人生的真谛,并逐渐加深对它的理解,那就是——在家庭、事业之间,你还是你自己。你需要为自己而活,只要你活得开心、健康,身边的人自然会受你影响。

记得小时候萌妈给我做幼儿园辅导时,她告诉我,大人的天堂是工作,小朋友的天堂是幼儿园。萌妈每天都收拾得漂漂亮亮地去工作,每天开开心心地回到家陪伴我。我一直认为,她的工作是滋养她的。直到后来我自己创业才知道,创业者,不管你身处什么行业,生活都是一地鸡毛。可不同的是,有些人面对一地鸡毛会坦然笑之,觉得生活处处是机会;而有些人看到一地鸡毛会觉得命运都在与自己作对。一地鸡毛是客观事实,而我们唯一能改变的,就是我们对一地鸡毛的态度与认识。

回到平衡的话题,平衡是一种主观态度,没有一个标准说谁谁谁就平衡了,谁谁谁就失衡了。只有我们自己对平衡的认知与对生活的满意度,会决定我们自己是不是一个幸福的人。有些人很贫困,日子过得很艰难,可他们依旧很幸福,很快乐。那是因为他们本身就是幸福快乐的人,无须通过旁人告诉他们,外界教导他们,他们自己就知道自己是幸福的,自己是让自己幸福的唯一原因。而我身边也有一些事业成就顶级、

第四章 孩子，抱歉我不是一个好妈妈

家庭圆满的朋友，一见面就开始吐苦水，这也许会让旁人对事业有成、家庭圆满产生误会——都这样了，还不开心，还想闹哪样？

写到这时，坐在我身旁的一位男士忍不住问我："怎么笑得这么开心？"我望了望飞机窗外，傍晚的霞光洒在我们身上，虽然跟他素不相识，但一起享有这份霞光，也是一种幸福。

我信奉一则人生信条：谨慎选择所做之事，一旦做，就 all in，心无旁骛。

有野心的女性真的会发光

选择的权利

我在很小的时候就听过萌妈讲她存钱的故事,那时她跟我爸刚参加工作,每个月只挣几十块钱。但每个月再难也要攒钱,她有两个存折,一个存10元,一个存20元,每月定存。

后面我自己创业,从日子过得很紧,到开始手上有余钱,再到开始有"金钱计划",这个过程也是我学会理财的过程。我不断想起萌妈存钱的故事。一次我问她:"妈,你年轻时为什么那么喜欢存钱?难道你没有什么消费吗?"

萌妈说,她手握存折就有安全感。

萌妈当初嫁给萌爸属于"下嫁",当年他俩要结婚,我外婆出面反对,认为我爸家经济条件太差了。奶奶去世得早,爷爷一个人拉扯7个孩子长大,我爸参加工作后,每个月都要把

第四章 孩子，抱歉我不是一个好妈妈

工资交回家里，供弟弟妹妹们上学、生活。当初外婆说，要是我妈敢嫁给我爸，她就跟我妈彻底断绝经济往来。（现在看来，我妈的那套"你参加同学聚会就跟你断绝母女关系"的说辞是有出处的。）果不其然，我妈为了爱情嫁给了我爸，俩人没钱办婚礼，到照相馆拍了一张照片就算扯证结婚了。婚后我妈就开始了她的存钱计划，小日子就过了起来。

我妈存钱，是因为她没有安全感。

手握存折的萌妈认为她是一个"富翁"，什么都能买。我知道一件事，在我妈内心中有这样一个秩序逻辑——钱＝安全感。

前些年我录制短视频，有一次编导让我聊聊为什么有些女人结婚时要高额彩礼，到底应不应该要。我的答案是"得要"。因为对很多女性来说，彩礼代表的就是婚姻所带来的安全感。编导转而问我，那张萌老师你要不要，我本来想说不要，但后来我又转变了话风，还是得要。编导疑惑着，你还需要彩礼吗？

需要，而且这份需要更是替男方着想的。这代表着他在中国习俗上尽了一份责任，让他贡献了一份价值。有一条恋爱公式充满着经济学的味道，即"双方在一份感情中投入得越多，两个人的情感就会越稳固"。跟情感投入类似，财务投入也是很重要的投入。

然而钱对女性来说，除安全感以外，还代表了什么？

有野心的女性真的会发光

它是选择的权利。有选择的权利是人与动物的重要区别。在动物的生长环境下,它们很难去自行决定到底是被圈养还是被放养。小时候我住私立学校,两周回一次家,刚入学的夜里,我就带着宿舍女孩儿们集体出逃,逃出学校围墙,拥有"选择的自由"。果不其然,我被老师抓住,成了捣乱分子的典型。你看,人对自己的权利一直有着亘古不变的执着。而女人的权利又有多少呢?

一些人会说,都这个年代了,男女早已平等,女性当然拥有很多权利。可仔细想想,恐怕又不是这样。

我看过一个被拐卖到缅北的女孩的视频,她12岁被拐卖到缅北,16岁逃出来。父母去昆明机场接机的时候,看到她挺了一个大肚子,她爸上来就给了她一巴掌。

看到这儿我不禁心酸。这个女孩儿也不想怀孕,她很可能都不知道自己怀了谁的孩子,而父母迎回逃生的女儿,反而觉得女儿给自己丢人了。在这个故事中,她逃出了人贩子的魔爪,却没有逃出世俗的眼光。

作为创业者的我,本以为企业到了一个特定规模后我会很清闲,然而各种机缘巧合,我选择了一种很刺激的生活方式,就是每年做一项新业务,不断突破自己的舒适区。每到一个全新的领域,我就是一个小白。记得那个时候刚做跨境电商行业,看展览时感觉

第四章　孩子，抱歉我不是一个好妈妈

自己完全回到做企业的原点，不知去向。每每到这个时候，我就开始做起一块"海绵"，向前辈请教这个领域的机遇与挑战。这么多年过去了，我也在不断拓宽自己的业务领域，不断拥有全新的灵感，也在行业中不断创新。我不甘心一辈子只过一种人生。我想拥有自主选择命运的权利，我对自己的选择权有着万分的执着。

2005年从浙大退学，重新复读，再次高考是一种选择；

2013年没有进入体制内，独立创业，开疆拓土是一种选择；

2015年放弃线下实体行业经营，百分之百地 all in 线上业务是一种选择；

在企业经营忙碌时，每天早起写作，连续出版13本书，做一名兼职作家是一种选择；

将大众健身变成兴趣爱好，再到专业拳击是一种选择；摘下护头，走上擂台去打比赛也是一种选择。

拥有选择的权利也代表了自己拥有放弃的勇气，不恋过去，不惧将来，很多人出生时都摸了一手烂牌，但仍然可以拥有自信出牌的潇洒。正如大卫·福斯特·华莱士在美国凯尼恩学院毕业典礼演讲中说的，"非凡的财富、舒适和个人自由，成为我们头骨王国领主的自由"[1]。

---

[1] 演讲题目为 *This is Water*。该演讲与同年（2005年）乔布斯的斯坦福大学毕业典礼演讲一起入选"美国最具影响力的十大毕业典礼演讲"。

有野心的女性真的会发光

浸润的力量

最近听到一句话:"如果你想跟一个人结婚,就问问自己,希不希望孩子跟他一个样儿。"

对这句话我挺认同的,倒不是说这是我选择另一半的标准,而是家长对孩子的影响,更应该是一种浸润的力量。有一位自称教育家的友人,他企业做得不错,也非常爱学习,口中经常会说:"学会了这个挺好,可以教我们家孩子。"

孩子是父母教出来的吗?你如果会铁艺,可以教授铁艺;如果精通花艺,可以传授花艺。你只能教授你认知范围内的技术,让孩子跟自己一样。可是,将孩子的认知水平跟自己拉齐,或者恰似另一个模板的你,这值得推崇吗?

我们生养孩子,到底要的是复制品,还是要保留他独特的

第四章 孩子，抱歉我不是一个好妈妈

个人特性呢？我母亲那一代的长辈流行一种理念，即让孩子替上一辈人完成未竟的梦想。比如当年我报考浙江大学生物医学工程专业，是因为母亲有一个做科学家的梦想；母亲让我报考刑警学院，因为她未完成当兵的梦想；我喜欢写文章，出版书籍，也因为她有一个当作家的梦想。母亲经常赞扬我说："宝啊，你真棒！你帮妈妈完成了好多未实现的梦想。"

小时候我会认为这是一种鼓励，但当我慢慢有了更多人生思考后，就开始反思：我到底希不希望成为一名科学家、一名军人，或是一名作家？我花了很久去找寻自己人生真正的兴趣所在，而这些兴趣都是儿时被父母"引导过"的兴趣，我并没有探索出自己真正热爱事物的经验，更缺少找寻它们的方法。

如果父母不扮演教授者、引导者角色，那还有什么角色是值得父母去参考的？我认为是陪伴者。如果孩子热爱学习，绝不是因为父母每天在他后面督促他说"你要认真学习"，也不是因为说"你瞧，隔壁小丽多棒啊，快学学人家，你看看你自己"，更不是因为说"想当年我小时候厉害得不得了，怎么生了你这么一个孩子"。

我曾写过一本书《从怕学习到爱学习》，为了写这本书我当年跟大量家长做了访谈，结果发现很多真心爱学习的孩子都有一种"内燃装置"，他们对世界拥有发自内心的好奇，对获

有野心的女性真的会发光

取新知识拥有一种渴望。还记得去哈佛商学院上课时,我结识了一位哈佛大学的录取委员会成员,他说,哈佛大学每年接收到很多高中生的申请信,面试官在努力通过个人陈述判断一件事,即学生们非常擅长的那件事到底是出于他自身的内驱力,发自内心喜欢,还是源于家长的压力或是大人的选择。

我很好奇他们到底怎么看出一个人是不是真的喜欢。这位面试官反问我:"Christina,你在面试员工的时候,会不会知道他是否真正喜欢某项工作?"

"当然,一个人真喜欢与假喜欢,很容易辨别出来。"

"怎么判断呢?"

"一定是遇到困难的时候,而不是平顺之时,就好像一对恋人,判断他们是否真正爱彼此,也肯定不是通过两人风平浪静的日子,而是看遇到危难之时,他们是否会守候彼此。"从金庸笔下的公孙谷主与他千万般宠爱的柔儿之情可见一斑。当公孙谷主的太太发现了他与婢女柔儿的奸情,结果让双方纷纷中毒,只留一颗解药。纵使公孙谷主与柔儿情深似海,可彼时谷主对柔儿说,既然只有一颗解药,那我们一起自杀殉情吧。说罢取剑将柔儿刺死。他太太本以为谷主接着会自杀,却见他拿出解药,自己笑盈盈地吞服。他太太还是没有看透这个男人,直到她被谷主骗着灌醉,被挑断手脚筋,扔入谷底永不得见天日。李碧华笔下的《胭脂扣》亦是如此。如花与十二少情投意合准备殉情。结果如花如约赴死,十二少却苟且活在人世。在如花死后又穿越回现世找寻十二少的情意缠绵的故事的背后,也反映了一件事,所谓"真爱",其实是形式主义的真爱,并非真正的爱。

说回哈佛面试,找到真正的爱意味着即使面对困难,也会排除万难坚守初心,也会如饥似渴地汲取知识海洋中的精华。哈佛大学正是通过他们自己的标准,从数封个人陈述中筛出所谓的"准哈佛人"。我听录取官说完后立刻明白了一个道理,所谓哈佛录取,并不是我们的条件符合了哈佛的要求,而是,哈佛在茫茫人海中找到了那个本来就属于这个地方的年轻人,并陪伴他走过一段宝贵的人生路。

而父母,也是在茫茫人海中寻到了自己的宝贝,呵护他的真爱与初心,陪伴他找到自己的使命,陪伴孩子走过最美好的人生初期之旅,这就是浸润的力量。

第五章

当命运的齿轮开始转动

我有一套自己赢的标准，并不是比赛制定的输赢标准，而是我敢于登上拳台打职业赛，就已然赢了我自己。

第五章　当命运的齿轮开始转动

时间的力量——写在 2023 跨年时刻

每年总有几个时间节点一定要用文字记录，一是过生日，一是创业纪念日，另外就是跨年时刻。多年来我保持着用文字记录生活的习惯，其实我很少会翻看过去的文字，可能出于多年形成的潜意识习惯，总希望自己一直向前看，只有做跟过去同比增长的确认时，我才会翻看过去的时间节点，看看自己那个时刻在做什么，在思考什么事情，取得了什么样的成果。

今年终于过完了，真的很难描述个中滋味。今年是我的本命年，还没过年那会儿，我就去祈福，期待今年能够平稳顺利。可是很多事情都不尽如人意，比如突如其来的奥密克戎侵袭了免疫系统，比如被封控在家足不出户的无奈，比如姥爷在我给学生上课期间离开了这个世界……但也有终于让我在清单上打钩的喜悦，比如爸妈的手术都很顺利，我爸在去年的脑手术后平稳度过了一年，父母来到北京生活，我终于可以在身边尽孝。比如我们离开了3年的青创基地搬了新家，我被港大-北大的DBA工商管理博士项目录取，又将拳击实战训练纳入日常训练，身体也越发健康。

站在一年的最后一天回顾过去364天的自己，与2023年全新的自己相遇，不由得感慨，人生的每一天都充满着惊喜，而人生最迷人的部分，就在于它的不确定性。如果你愿意持续拥抱未来，那么无论是好的坏的，都可以欣然接受。

"欣然"到底是一种怎样的体验？从过去的愤愤不平、郁郁寡欢，或是像极了愤怒的小鸟，想到一件事就脱口而出的不负责任，鲁莽与跌跌撞撞，到现在的"悦纳"，这确实是从年少时期一步步走向今天的自己的真实写照。很难想象，一个人是如何长大的，如果重新复制这种成长，一个人能否有效地从头再来，把握好人生的每个节点？我想，是需要极大的勇气的。

一、一种旁观者视角

今年在写36岁的纪念文章时，我曾提到自己新习得的一项

第五章 当命运的齿轮开始转动

本领，即遇到事情不要把自己当成当事人，可以把自己当成一名旁观者，去静静地观察这个世界的变化。今年下半年在这个基础上，我继续强化了这项能力，逐渐学会站在一个更高维的视角去看自己，不悲不喜。

今年生病是一份很有趣的体验，从身体不适晚上休息不好，到自己各个器官的灵敏度下降，我试着去客观看待自己与疾病的斗争，甚至坚持每天做好记录，为自己绘制了一份康复曲线。这个过程更像是一个医生在为病人写病例，我在书写的过程中，渐渐远离了不适，学会站在一旁去冷静地看待周遭的一切，先从内心真正接受已经发生的不愉快或挑战，让自己在每时每刻所做的决定都是客观冷静的，而不是出于冲动或争强好胜之心。

人性是有缺陷的，规避自己性格缺陷的最好方法是拥有旁观者视角，比如正确看待自己的投资与消费，以及自己在人生每个关键节点的决策，愿意承担失误带来的后果，甘心修正一个又一个的错误，并把过去没有做好的事情一件件做好。这些都需要勇气与行动，更需要一种旁观者视角。

二、减弱的不足感

说到不足感，能直接想到的恐怕是不足感的原因，我想这应该是来自同他人的比较之心。受原生家庭教育策略的影响，我从很小的时候就被培养出一种竞争意识，学习成绩要好于同学，跑步要更快更持久，任何东西只要有榜单这个指标就要重视，甚至连创业也要拿更多荣誉与成绩。比较之心会让人过分在意世俗眼光，比如你会在意周围人对你开什么车子，穿什么品牌的衣服以及住哪里的房子的评价。而这些但凡能让你与其他人被放在一定维度上进行比较的筹码，成了我特定时期奋斗路上要争取到的"成果"。

我是一个爱美的女孩儿，2018年开始进入了一个圈子，只要这个圈子有活动，大家都在拎爱马仕包包。"别人有的我也要有"的心态开始作祟，我也莫名其妙地开始喜欢这种包包。我反思自己到底为什么喜欢这个品牌的包呢？我想并不是因为它好看，而是因为它的象征性——代表着你的奋斗成果。每当你拎着它的时候，都会给自己营造一种氛围感，一种代表你拥有奋斗成果的优越感。我这个"买买买大师"居然买了自己喜欢的所有颜色（还好我喜欢的颜色很单一）。

就在今年，我彻底变了一个人。我今年也买了一个爱马仕

第五章　当命运的齿轮开始转动

包包，不过不是给我的，而是送给一个朋友的妈妈，她得了重病，我希望这个包包能给她带来明媚的心情。而我自己的包包都失宠般静静地躺在柜子里，我很少会用到它们。不仅是包包，我以前很喜欢香奈儿套装，也是买买买不停，而今年的我极少会走进专卖店，这当然严重影响了我SA（销售顾问）的业绩。

我为什么会发生如此大的变化，这确实让我在复盘的时候非常诧异。到年底我统计了一下，我一共买了9件衣服。我还养成了一个习惯，每周都重新整理一遍衣柜，把衣帽间不常穿的服装拿出送人，不断减少自己对物的占有，与此同时我的内心也更加富足。

在我与朋友的一次对话中，揭开了我对自我探索的谜团。她说你的不足感减弱了，焦虑的根源是不足，当你的自我更稳固时，也会更有底气，不需要"某种数量"来确保自己的安全感。自己为自己营造安全感，这是现在开始达到的状态。

当一个人极其匮乏时，只能通过外物来证明自己；当一个人内心富足而有力量感时，外物甚至没有存在的必要。少，就是多。也许自己并不需要很多就能拥有幸福的状态。

三、找到了"社恐人"的社交方式

我是一个"社恐",重度"社恐"!今年让我产生极度不适的是站在几十名同学面前介绍自己。今年被博士项目录取,新学期开学需要做自我介绍,我需要在几十双眼睛前介绍张萌这个人。现在回想起这个场景,我还是会手心冒汗,紧张得不得了。

我是一个很不喜欢与人面对面接触的人,正因为我了解自己的特性,我从事的多是不通过线下接触就可以达到目标的工作,互联网对我这类人真的是一种很好的保护,让我时时刻刻都处在比较安全的状态中。分享一组数据,我创业9年,在团队组织的聚会数量不超过10次;作为老板,我每年应酬次数不会超过3次。我不是在公司,就是在家里宅着,几乎没有任何社交活动。

今年我也希望可以突破一下自己,比如搭建一种全新的以人为师的学习路径,但对一个不喜欢跟人面对面的人来说,到底如何才能搭建一种稳固的学习模式呢?

我这人有一个特点,特别喜欢搭建模型,因为我对卓越的模型有一种执念,我相信它不仅可以为自己服务,同时具备可复制的能力,还能为更多人创造价值。

第五章 当命运的齿轮开始转动

我找到了三个助力"社恐"人成长的以人为师的通道。

第一,拓展我获取信息的渠道。我找了一位英语老师,她是一个不会讲中文的加拿大人,每周按照我设计的关键词帮我收集新闻,我和她每周增加朗读、讨论部分。这样我既了解了国际新闻,又学习了英语,同时还练习了英文会话与沟通,一箭三雕。

第二,我开设了一档新栏目——《张萌会客厅》,把我读过的比较有趣的书推荐给团队,他们联系作者,接着我与作者在直播间连麦,我的粉丝可以旁听我们的对话。我从初期的一周一位作者,逐渐增加频率,如今我每周连麦三位专家,一年算下来是150位各行业的领军人物。最关键的是,我足不出户就能够向他们学习,通过这样的连麦方式,让我本人的学习更立体,也倒逼着我加快了阅读速度。

第三,向人才学习。青创是一家互联网公司,需要持续优化运营打法。今年我与几家猎头公司建立了老板直面机制,在我长期在看的岗位设置直面机制,而今年我一个月的面试量也达到了36位。与候选人面试的过程,也是我更好了解各公司打法的过程,作为事业游戏的玩家,不得不说,我们每个人探索这个世界的方式是不同的,不断优化组织的人才梯队才是更高效、更持久地实现企业愿景的方式。

以上所有方式，我都不需要与人直接接触，可以作为网友在网上面对面交流，特别符合我重度"社恐"的社交方式，我自由自在地活在小范围与人接触的世界里。我想接下来的一年中，我会开发更多与人交往的方式，让自己处于一个自己绝对认可的状态，激发自己最佳的表现力。

四、家庭会议寻找到平凡的乐趣

由于今年年中萌爸萌妈彻底搬来了北京，我们在 2019 年买的房终于交给了他们。他们拥有了自己的 dream house，萌妈每天在她喜欢的环境中醒来，萌爸也在休养康复中。我逐渐将之前的线上家庭会议扩展至线下家庭会议，每周一次。

只要我周六、日不工作，都会到他们家陪他们一整天，听听他们的故事。萌爸萌妈总有好多话要跟我说，我在他们身边的时候，他们就会交替说话讲个不停，我在一旁倾听觉得特别幸福。我们经常围坐在餐桌旁，餐桌上是鲜花，而旁边是一个能看到院子的落地窗，一家人围坐在那里说说笑笑，让我开心不已，奋斗了这么多年，终于过上了一家人团聚的生活。

2013 年我独自创业，一路北漂打拼，从家人不理解、不支

第五章 当命运的齿轮开始转动

持到今天小有成绩,真的太不容易了。我从创业起初就有一个梦想,希望自己奋斗出的第一套房子是给萌爸萌妈的,第二套也是,我希望我能为他们构建理想之家,为他们遮风挡雨。朋友说我是特别传统的中国女性,家永远排到第一位;可能平时你看我雷厉风行、风风火火的样子看不出来,可生活中我就是这么一个人。

我对能在父母身边做"他们的父母",也能偶尔在父母庇护下做他们的孩子充满了期冀。这在别人家是日常生活,可在我这儿真的是难能可贵!尤其是我爸去年一周两次 ICU 后,我对这种一家人在一起的生活更是充满了向往,哪怕静静地不说话,就看着彼此也是一种幸福。

说到每周一次线下会议,一般都是有主题的。我们家做过读书会、辩论赛、主题教学等多种形式,探讨的主题大都跟人性、健康、自我管理相关。前两天我回家,看到了爸妈的琴房里多了一位新的家庭成员——一台白色钢琴,漂亮极了,萌妈坐在钢琴旁,我高歌一首《我爱你中国》,而萌爸用镜头把这些精彩瞬间全程记录了下来。

"家人就是要在一起",这是《阿凡达》的经典台词。今年我们全家一起看电影时,这段台词打动了我,其实生活中平凡的爱弥足珍贵。

有野心的女性真的会发光

站在 2022 年与 2023 年时空交错的当下,即使 2022 年有再多的无奈、挫败或不舍,它终将过去,而迎接我们的是崭新、未知而不确定的 2023 年。这也是我第 5 年与同学们一起跨年,每年 3 天课程已经做到了第 5 年,我知道这对很多人来讲意义不凡,在这样一个激动人心的时刻,全新的自我极有可能会被激发出来,新的自己将会是一个金灿灿的自我,能成就无数的可能。还记得 10 年前的 2013 年,我拖着行李箱孤单地走在北京的大街上,我一无所有,而 10 年后自己成了一名"柔情钢铁萌",经营着自己的企业,有一群志同道合的伙伴以及爱我的和我爱的家人,这就是时间的力量。

每一个平凡的个体在新时代都有着同等的机遇,但能否把握住在眼前流动着的机遇,不仅要靠眼光,更要凭借行动与长期的坚持。人生所有的礼物都是给长期主义者准备的,看准 2023 年,再持续奋斗 365 天,让金灿灿的未来持续围绕在你周围,祝福每一位伙伴健康、快乐、幸福!

第五章　当命运的齿轮开始转动

我办公室的装修风格跟家装的风格很像，每次走进来，就像进入了家的港湾。在"舒适区"挑战"学习区"。

有野心的女性真的会发光

还是要相信

　　如果没有经过背叛,怎会知道什么是"相信"?如果没有经历过人生阴霾,何谈笑对人生?我小时候觉得自己应该是一个很乐观的人,O型血,金牛座,乐天派。可慢慢长大后我才发现,我其实是一个悲观的乐观主义者。我的悲观情绪其实很浓厚,凡事从最坏的一面着手考量,已经成为多年来我的为人处事、应对变化之道。我虽然很想相信一些事情,但经验告诉我,没有馅饼,没有百分之百美好的事情,没有万事如意,也没有圆满。有些事情,即使我付出了百分之百的努力,即使已经不能再有更多的付出,结果还是会不尽如人意。

　　刚开始经历人生种种时,我总会心有不甘,金牛座个性凸显,执着的我非要争个高下,非要争个公平正义、是非分明。

第五章 当命运的齿轮开始转动

直到现在这种个性还在我身上留有痕迹，耿直、真实、麻辣是我的代名词。但是，正是由于过分鲜明的棱角，我在生活与工作中处处碰壁，一件事明明我已经 all in，努力到感动自己，可到头来还是……

记得刚创业的时候，我非常想评一个奖项，对照了很多条件，认为自己百分之百符合这个奖项的条件。可是我第 1 年去参评的时候就落选了；第 2 年又被推荐去参评这个奖项，到最后也还是被刷了下来。后来我把这件事给忘记了，结果 3 年后，这个奖项评给了我。后来我在《增广贤文》里读到一句话："命里有时终须有，命里无时莫强求。"我开始反思，自己人生的种种失败与碰壁，大多是因为自己在条件不成熟的时候就想让一些事情发生，总是做一些违背客观规律的事情。

比如婚姻中，你以为你对另一半已经付出了百分之百，换来的应该是白头到老，很可能对方突然有一天跑过来告诉你："分手吧，我爱上了别人。"正如亦舒《我的前半生》里被丈夫抛弃的子君。

比如你认为母亲对你的爱是唯一的，可母亲临终立遗嘱的时候，你被通知你不是她唯一的孩子，她还有另外一个孩子，但她隐瞒了一生，正如亦舒的《遗嘱》。

比如你掏心掏肺地对一个人好，以为能换回同等的情绪价值，结果就是对方对你仍然不理不睬，甚至对你的付出嗤之以鼻，正如亦舒作品《玫瑰的故事》里的黄玫瑰与周士辉。

很多时候，我们无法控制事情发展的结局，前些年我会花很多时间、精力和钱财在风水的调整上，每年会过分关注一些"重要时刻"，可是不论我怎么调整，还是会发生各类不尽如人意之事。到后来，我明白了一件事：生活唯一不变的就是变化。

记得那个时候我的情绪管理能力不强，甚至会痛哭流涕，在公司怕员工看见，就躲在家里哭，每晚以泪洗面，总觉得命运不公。我很亲近的朋友也对我说："命运对你还是不太公平的，你那么努力，居然收获如此之少。"

当然，旁人不是这么看的，他们会觉得张萌已经收获太多，在这个年纪就拥有了很多人一生才能拥有的东西，会觉得我是一个幸运儿。我只能苦笑，其实是因为我只给旁人展示出了所谓的幸运，而幸运的背面从未示人，那里布满了沧桑、痛苦、纠结与悔恨。

哭得太多，一日正好清闲，我翻开了《易经》。当时我不知道的是，命运正在把我推向新的台阶，引领我走向哲学的世界。从第一本原文到数本释义，我结交了一些跨时空的朋友，他们更是我的老师，把这个宏大的世界展示给我，从不同维度帮我梳理这个世界的运行规则。我才知晓"损益相生"是人生常态。

再悲惨的人生也会有高光时刻，再圆满的事物背后也有残缺。变化才是常态，不变是留给地下世界的。只要在世，就无法远离压力与困难，逃避得了今天，还有明天等着你。绕道走并不能绕开烦恼，正面迎击困难才是王道。

我也明白了一件事："命运之损"时刻到来得突然且不确定，不如我主动拥抱甚至创造"自损"时刻。想明白这个道理后，我每年开始大量身体力行地参与公益，做很多捐献。旁人说我是热爱公益，但实际我内心也有一个秩序，只有不断自损，才能带来更多的"益"。

甚至后来，我会把生活中出现的每一个让我受损的时刻，都当成自己获益的前奏与黎明，因为我知道，我只是暂时失去一些，只要我活着，就可以迎来收获的那天。所以损益都只是暂时的，而活着是永恒的。

活着，就意味着更多机遇；活着，是与命运博弈的筹码；活着，是梅花绽香的唯一机会。不仅要活，更要好好地活。你没有理由不相信命运，唯有相信，才能快乐地活。

有野心的女性真的会发光

"施"比"受"更幸福。给予其实也是一种得到。在这个世界上,有人因为你的到来感受到爱,这是一种美好的善意。

第五章　当命运的齿轮开始转动

当命运的齿轮开始转动

2022年有一次我在给学生上线下课，刚上完，习惯性地给爸妈打电话问候，结果萌妈在电话那一头哽咽道："萌萌，你姥爷去世了。"我想立即回老家见他老人家最后一面，可是明天还要给几百位学生上课。如果我离开教学现场，就辜负了同学们对我的期望。我反复想，很痛苦，很纠结，一方面是对家人的尽孝，一方面是我的职责。

记得一次旅行刚回来，那时的男友给我送了花，写了卡片，上面写着"欢迎回北京"，并约我一起吃晚餐。结果晚餐后他煞有介事地找我聊天，说因为太爱我，所以要跟我分开。我当时脑子是蒙的，一直以为这是一个梦，可发现这是真的。时间无法倒流，谈了这么多年的恋爱莫名其妙地就被分了手，

有野心的女性真的会发光

现在想想都觉得很奇怪。

2020 年,即使在疫情期间我们也在如火如荼地开展互联网新职业的课程工作,课程期间一个学生非常热情,她经常在社群及各大平台上为我们摇旗呐喊,传递课程的价值,她由衷地诉说课程给自己带来的益处,如何帮助她们的企业开启了线上互联网道路。可谁知等课程一结束,她瞬间换了一副黑脸,向政府部门投诉,说课程质量低下,没有任何收获,要求退费。

命运的齿轮从不停歇,它一直转动,而齿轮旋转的时候,时间是变化的。在三维的世界中,我们可以看到立体的一切,万事万物皆有它的模样,既亲切又美丽,既无情又残酷。可当三维接通四维的时候,时间轴到来了。我多么希望事情可以随着时间做不同的排序,而这个排序是围绕个人意志展开的,比如姥爷生病离开发生在课程之后,比如男友说分开时我已经不在人世间,比如那位同学在报名之初就显露她的本色。

在我一厢情愿的排序结构中,我并没有改变事情发生的结果,依旧是同一个结局,我改变的只是事情发生的先后顺序。如此,我能让同学们满意课程,同时我也可以见亲爱的姥爷最后一面;如此,我能与男友终老一生,不再留有遗憾;如此,我可以一开始就劝阻那位同学不要报名,避免浪费她自己的时间,也避免让我们老师的辛苦付诸东流。

第五章　当命运的齿轮开始转动

可时间这四维世界的产物，它总是调皮地在不应该发生的那刻刚好发生。不能见姥爷最后一面我有了终身遗憾，不能跟男朋友共度余生我不能释怀，不能让老师被合理地对待我有责任。一切发生得就那么刚刚好，命运的齿轮恰巧在转动的那刻，偏离了我们预期的方向。

但，谁又能知道人生的方向呢？

我之前写过一篇文章，内容是我永远不想提前预知命运，否则生活就会变得很无趣。人生走向既不能提前预知，而命运又经常将手伸向事与愿违处，我们的一生该如何自洽？

后来我找到了一种方法，其实只需调整一处，命运的齿轮就能继续转动，而不会被太多"不应该"卡住。那就是：对万事万物不要抱有期待，即《金刚经》所谓"无所住而生其心"，这种心态就刚刚好。

你失望，是因为你有期望。你的期望是 A，结果你得到了 B，B 不如 A，你自然就会失落。如果你的期望是 C，结果你得到了 B，B 比 C 要好，你喜出望外。

到底应该是期待 A，还是期待 B 才能安然度一生呢？

我以前是 A，我处处做极致的努力，付出不亚于任何人的努力，我同时也期待 A——最完美的未来。可生活打脸的时候，我才知道把期望寄托在除自己之外的任何人身上都会失望，

有野心的女性真的会发光

因为其他人不是你。这几年我又悟出了新道理:即使我们把希望寄托在自己身上也还是会失望。我们有一位学生叫孙亚辉,他几年前是一名加油站的"90后"工人,一次意外触碰到高压线导致他被截断双臂,他的家人为了医好他,欠下了百万元的外债。他醒来的时候发现自己已经失去双臂,失去了行走能力,要终生躺在床上或坐在轮椅上。

在最有希望的20多岁,当其他男孩在加班工作或者在球场上挥洒汗水的时候,他只能拥抱生命中的无奈。当有了A的期待,即使对自己,也会收获同等失望。

亚辉曾想一死了之,可最后他并没有放弃自己,他想做点儿事情,于是选择做一名电商主播,可因为缺乏技能频频碰壁。一次我与他相遇,我说资助他学习全套互联网新职业课程,尤其是互联网营销以及直播销售。他学习后给我发了长长的文字,说自己从来没有想到过这里面竟有如此奥秘。而勤奋的他并没有放弃自己,依旧让命运的齿轮转动,他开启了那个开关,现在已经成为当地农产品电商达人,一个月有几万元的收入。他说自己已经开始还债了,此生会还清所有债务。

我为当初支持他学习的决定点赞,亚辉的命运齿轮在转动着,而他是自己的救世主。

如果有期待A,也许会得到结果B;如果有期待C,也许

第五章　当命运的齿轮开始转动

会有结果 B，也可能是 D。那把开启命运转动齿轮的钥匙就是——努力，不设期待。

有人说这不就是尽人事听天命吗？是的，它很简单，而我用了近 40 年才想清楚，其实直到现在也没充分领悟，遇到了想争取的一切还是免不了充满期待，我总会设计最美好的蓝图，想最好的结局。但与以前不同的是，现在面对 C 或 D 的结果，我也会拂去衣袖上的灰尘，想想马克·吐温那句话："生命如此短暂，我们没有时间去争吵、道歉、心痛和责备。花时间去爱吧，哪怕只有一瞬间也值得。"

有野心的女性真的会发光

成功的对立面不是失败，
而是你从来没有尝试过

　　小时候我喜欢看武侠片，片中往往穿白色衣服的是正义大侠，而穿黑色衣服的是反派角色。我一直很纳闷儿，尤其是看到那些坏人，有时候他们明明很邪恶，可对爱人却柔情似水，这让我很不理解。为什么坏人好像也有当好人的能力？殊不知那时的自己深受二元对立思想的影响，遇到任何事情都从两个极端去思考，而忽略了两端中间还会有其他答案，世界也不只有黑白两种颜色。

　　小时候我还对一件事深感不解，就是反义词的学习。比如，考试中经常会出现的词——"爱"的反义词是"恨"，"成功"的反义词是"失败"，诸如此类。如果我写"爱"的反义词是"不爱"，"成功"的反义词是"不成功"，老师会觉得我

第五章 当命运的齿轮开始转动

不用心,责令我重新写,重新思考。

可我一直不认为自己错了。只不过那个时候老师没有继续指导我"不爱""不成功"的同义词是什么。"不爱"的同义词是"恨"吗?"不成功"的同义词是"失败"吗?

谈过恋爱的人都知道,甜蜜的时候两人如胶似漆、你侬我侬;刚分手的时候不舍别离,不相信分手事实,痛彻心扉,甚至有些情侣还会心生恨意。然而 3 年过去了,很少会有人像李莫愁那样,10 年后依旧来寻仇家。创伤期过去,"爱"从"在意"变成"不在意",慢慢成为"漠视"或"淡然"。现在你回忆起自己被甩或者分手的痛楚,那种痛已然变成一种符号,在记忆中有一个位置,而欢愉被现在的枕边人替代,对过去只淡然一笑。你放过了他,更放过了自己。

再说成败之论。金庸笔下描绘了不少英雄以自尽收场。一次我陪家人去日本,导游讲了切腹自杀的过程,说小时候我们以为切腹自杀很容易,其实不然。刀捅入腹中后,自然疼痛难忍,但并不会马上死去,这时需要将刀横过来划破内脏,自然需要相当大的力气,而这个动作很多人自己无法完成,需要他人协助才行。

以前总以为死是一件轻松的事情,由此看来,一个人面对死亡更需要勇气和魄力。歌手李玟一直深受抑郁症的困扰,在

有野心的女性真的会发光

她自杀后,我的一位也患有严重抑郁症的朋友发了一条朋友圈,说李玟很有勇气,做了一件她不敢做的事情。我看歌手萧亚轩在接受媒体专访时,哭着说李玟真的很有勇气。李玟得到了很多抑郁症群体的集体共鸣,而死也是需要勇气的。生不带来,死不带去,是一般人对生老病死的看法。而对一些在人世间有诸多牵绊的人来说,当他想离开世界的时候,需要莫大的勇气,而这种思维方式不能按照一般人的思维来理解。

记得有一次我和公司同事一起去孤独症儿童中心做公益,他们被称为来自星星的孩子。他们在这个世界如此不同,仿佛与这个世界的人和事有着万千隔阂。我总有一种信念,他们属于同一族群,而这个族群有着独特的交流方式,而这种交流方式可能来自一种更高级的文明,只不过无法被我们这个族群理解。当我跟一个被孩子的孤独症困扰了7年的妈妈这样交流的时候,她握着我的手说:"张萌老师,谢谢你能这样看他,谢谢你如此安慰我。"我说:"我不是安慰你,我是真这样想。"

我的合伙人经常和我说:"你的思维方式跟正常人真不一样。"你看她的这句话,就是把我归类到了与她不一样的族群中。我跟她说:"我们这一族,各有各的想法!"

我妈一直非常不理解我为什么要去打职业拳击比赛,直到看了我的拳击纪录片。在我练到第7年的时候,我需要用一种

第五章　当命运的齿轮开始转动

方式来检验所学，也需要一枚勋章——打一场职业拳击比赛。教练对我说："40岁以前能打职业比赛，可以注册。"我一直记得这个时间节点，直到我的36岁即将过去，37岁即将到来。突然疫情解封，我跟教练说："你带我去打场比赛吧！"我的教练很是欣喜，我们说走就走了！我参加了WBA亚洲超轻量级职业拳击赛，匹配到了一位泰国职业拳击手，她有两次职业拳击赛的记录，23岁花一样的年龄，从小开始练习泰拳。我看了她的介绍，瞬间就跟我教练说："我一定会输。"

去泰国比赛，我抱着百分之百会输的心态出发了。直到我在称重仪式上看到了Ponpai女士，在我们俩握手那刻我便知道，我一定会赢。

我为什么这样笃定？凭借着创业10年的江湖经验。当你与对手面对面的时候，对方如果目光不聚焦，或双手冰凉，那对方要么体虚，要么心虚。那一刻我就知道，拼体力，我玩命也拼不过；但拼智慧与心态，我的赢面更大。

然而事情没有想象中那么顺利，第一轮比赛的第一个10秒，我的隐形眼镜就被打掉了。高度近视的我只有一只眼睛看得清楚，另一只眼睛完全模糊，两眼差了850度，测量距离很是艰难。即使这样，我还是稳住了心态，我把拳台当成以前授课的舞台，把Ponpai女士当成与我同台的嘉宾，打出距离，靠点数赢,而非近距离猛攻,成了我的新策略。

在四轮比赛后,当裁判高高举起我的手,喊出 Zhang Meng 的那刻,我热泪盈眶,直到现在都不敢相信这是真的。赢了比赛,我很开心,但我更开心的是我宣布要参赛的那刻,是我走上拳台的那刻,是我看到对手双眼的那刻,那一刻我已然赢了,因为我有一套自己赢的标准,并不是比赛制定的输赢标准,而是我敢于登上拳台打职业赛,就已然赢了我自己。

比赛后,我在效率手册上写下:"成功的对立面不是失败,而是你从来没有尝试过。"

● 第五章　当命运的齿轮开始转动

成功的对立面不是失败，而是你从来没有尝试过。

> 有野心的女性真的会发光

大胆假设，小心求证

　　我在北师大读研究生时，专业是功能语言学与神经认知科学。我研究的是用脑电波技术分析受众在听演讲时的神经活动情况，判断演讲所用词句的有效性。当时我需要长时间地待在实验室里，根据我的实验假说，不断做新的实验，取得数据去验证假说。有时结果与假说相符，可以被称为结论；有时结果与假说不符，又得重新修正假说，重新做实验去验证。这个过程完整地陪伴了我的研究生生涯。这使我学会了一项技能，即提出假设并验证假设。

　　我的导师跟我讲，其实这一专业考查的并不是大家做实验的能力，而是大胆假设的能力，也就是说，人与人之间的重要区别在于谁更能提出一个伟大的假设。

第五章 当命运的齿轮开始转动

后来我把这套研究方法应用于生活本身，发现它确实极富魅力，极具价值。

大胆假设，小心求证，是一种能力。为人生勾画一幅蓝图，好比建一栋房子，需要一份图纸。人生图纸的面貌完全来源于自己对人生的假设。有些人出身平平，却取得了巨大的成就，比如毛主席，他出身于农村家庭，却成了改写中国历史的伟人，他是一个时代的引领者。还记得他当初在孩童时期就对求知有着无尽的渴望，用尽全力去改写自身命运。他无疑是一个大胆假设者。可以想象，当初与他一样的村里的孩童，数年之后亦如父辈母辈一样，人生的宽度与深度是可以想象的，而毛主席的假设能力，助力他成为一名卓越的个体。

每个人都是一个创业者。创，即从0到1的过程。业，指的是事业。人生就是一个创业的过程。我在泰国出差的时候，接到一个咨询者的来电，说她最早在跨境电商行业工作，不到半年，父母就帮她安排了一个当地公务员的岗位，部门5个人，其中两个人工作超过20年，另外一个已经工作10年，还有一个跟自己一样都是职场新人。她说自己的生活一眼望得到头。20年后的自己，就是今天的同事前辈。她很迷茫，不希望拥有这样的人生，问我该怎么办。

无疑，这个女孩是有其他追求的，她希望拥有轰轰烈烈的人生，而非平淡如水的人生。这倒不是说父母安排得不好，而是她自己不认同这样的活法。我跟她说，在哪儿其实都能成就一番事业，不要在乎工种，而要在乎行业本身，看你能否从中找到价值感和意义感。

研究前人的历史是帮自己大胆假设，小心求证的重要策略。你向往的人生，有一些模板与公式已经形成，研究前人的历史是帮助自己减少试错成本的方法。不妨把自己的目标人物都列出来，一一分析他们的过硬本领，然后看看自己在各种岗位上需要什么样的能力，修炼自己的核心能力。最后，想成为谁，就要靠近谁。努力优化自己的环境，让自己在一个持续进化、不断迭代的组织中进步。

其实有时候，一眼望得到头的人生也可以很精彩，那是对自己命运的把握以及对确定性的追求，如果你是一个安全感较低的人，追求稳定的人生不失为一个好选择。就怕对不确定性很恐惧的人想过一种新鲜而刺激的人生，一个恋爱能力是幼儿园水平的个体想跟恋爱高手过招，一个职业能力差的个体想竞争一个对职业能力素质有极高要求的岗位。这些个体的自相矛盾是让自己活得拧巴、不通透的重要原因。

安全感低的人可以选择安全感充足的人生，恋爱能力低的人可以选择同等情致能力的个体，职业能力差的人完全可以先

第五章　当命运的齿轮开始转动

选择一份低配工作。但这并不意味着人生将永远停留在此处，正如安全感可以在生活中升华，恋爱能力也可通过恋爱实践而提升，职业能力自然可以通过职场磨砺而自我升级。

大胆假设是一种真勇敢及真性情，但这又与瞎想不同。瞎想的人群通常没有明确的行动指向，更多偏向于想事情，而缺乏思维竞争力。大胆假设与计划也不同，它并非百分之百基于现实而提出的目标，那句经典的话再适合不过，即"人类一思考，上帝就发笑"。大胆假设的人群行动力十足，先是提出一个完美的愿景，这份行动指南指向了行动本身。在实践中实现自我，创造自我，更圆满自我。

成为更好的自己，还是成为你自己？我选择成为我自己。

有野心的女性真的会发光

人生密码——一"受"字足矣

小时候学声乐,没过几年,声乐老师说有一个比赛要不要参加,参加的有专业选手也有业余选手。我妈问我,你想参加吗?我点点头,她说既然想参加,就好好准备,一定可以取得好结果。

初出茅庐的我最后取得了一个奖项——参赛奖(参赛者都会发的一个鼓励证书),那次我挑战了一首远超个人能力的歌曲,结果最后一句唱破音了,灰溜溜地走到了台下,可萌妈坚定地为我鼓掌。

回家路上,她跟我说,你敢登上舞台,就已经赢了,管你能否取得胜利呢!

后来我上大一的时候,学校旁边开了一家百货公司,为了

第五章 当命运的齿轮开始转动

招揽生意，举办了一个女大学生才艺大赛，在学校发传单，吸引学生们的关注。我猜这个比赛是为了让女大学生在百货公司消费准备的，通过比赛吸引更多女同学关注。

我就是被比赛吸引的一员。作为逛街爱好者，我当然不能错过这个比赛，要知道前三名都有现金奖励，第一名的奖励是 10 万元！我瞬间报了名，并顺利通过了初赛。还记得复赛的时候，PK 的项目是走模特步，前提是到百货公司指定的女装品牌中选一套衣服，作为你的服装道具，通过 T 台展示。当时我战战兢兢地抽中了"蓝地"这个职业女性品牌。之后又进行了总决赛，总决赛是在商场大门口，露天搭建了一个舞台，从上午赛到下午，歌舞声飞扬。

不到 20 岁的我对这场比赛丝毫没有感到享受，只觉得其他人都是竞争对手，必须一决高下。我对自己拿到第一名的最高奖金胜券在握，毕竟在当时我的心目中，我真的是最棒的自己，而对手们都距离我很远。结果，最后宣布结果时，我傻了眼，只获得了第二名。

听到结果的那刻，我泪如泉涌，飞奔出现场，上了出租车驶向远方。还记得那一天萌妈也在现场给我加油助威，结果她听主持人叫到我的名字上台领奖时，我早已走远。

那个时候我真的是输不起。我不敢接受一个事实，就是这个世界有很多能人,他们在各自领域都是厉害的角色。而井底之蛙的我只愿意在自己的一方空间中傻傻地相信我是最棒的,果然被现实打了脸。

后来在大学时期,我不断增加自己与社会接触的机会。我做家教时遇到过不喜欢我教学方式的家长,做婚礼司仪时碰到过砸场子的观众,在主持活动时遇到过说我不专业的老者;我还在火炬手协会看到过各行各业的精英人物,参加APEC工商领导人峰会时看到过顶级商业人士。我慢慢知道,我无法在各个领域取得全胜,有些领域需要有赢的心态,而有些领域就要放过自己。

2013年,我创业了,遭受的社会毒打就更多了,比骂你更可怕的是冷漠,我遇到过设计完一项产品,客户完全不理你的情况。创业第3年时,我参加一个商学院的面试,第一轮就被筛了下来,我一直不知道原因,多年后我才间接了解到,一位女面试官不喜欢我。有些事是有来由的,而有些事完全没有任何理由,但你必须选择接受。

一次我在台湾上课,老师在黑板上写了一个大大的"受"字。他说人生啊,最重要的法门就是"受",万事皆愿意,无条件接受。

这个字对我影响深远。人生的很多迷茫困惑,并不是因为

第五章 当命运的齿轮开始转动

事情本身，人生本无定数，随时都有意外发生的可能。无常就是平常，不开心时如果选择自怨自艾、自暴自弃，那么人生多半是不开心、不喜悦的。然而当你学会了"受"这个法门时，遇到任何不如意之事都愿意真心地选择接受，愿意承认人生的不完美，就能够理解世间之事变幻莫测，知晓不如意之事十有八九。当有了"受"的心态，你就能掌握人生密码，让自己随时都能开心起来。

后来有了"受"字加持，我的人生开始有了不同。我得了甲状腺多处结节，医生让我切除甲状腺，我选择平静地接受这个事实，并开始制订康复计划，让自己重获新生。当企业发展经受巨大考验，现金流见底，即将倒闭时，我选择接受现实，绝地反击重新再来。当家庭出现变故，爱我的、我爱的人撒手离去时，我摔倒了，拍拍尘土，重新站起。

人生有时就需要那股可以随时重新再来的勇气，牌局总会重新开始，不会只卡在一种结局；除非，你让它只有一种结局。

▶ 有野心的女性真的会发光

BLACKPINK 演唱会的黑衣人

秋季来了,在人气女团 BLACKPINK 全球巡回的最后一站,我跟家人一起去看了首尔安可站的演唱会。那天首尔下着滂沱大雨,为了一场演唱会来到国外的城市也是我人生的初体验,无奈四闺女(对 BLACKPINK 女团成员的昵称)魅力十足,演唱会如约而至。场内声光电效果异常精彩,伴随舞台各色的激光灯,现场跟随音乐的节奏弥漫着烟雾、火柱、银色丝带、金色闪片,甚至天空还飘散有印着 Jennie 等人头像的仿钞。伴随着大屏幕动感炫酷的效果,表演者们仿佛飘在天际,坐在星球,凌空于海洋……这场演唱会我被两件事震撼:一个是 Rose 的身材,另一个是黑衣男舞者。

以前我关注 BP(BLACKPINK 的简称)并没有关注到 Rose,

第五章　当命运的齿轮开始转动

全部注意力都放在 Jennie 的 Rap（说唱）及其他人的舞台表现力上，在这次演唱会上，我的眼睛几乎没有从 Rose 身上移开过。她染着一头金发，纤细的手臂在身体两侧跟随节奏舞动。近期我开始进行力量训练，总会关注那些符合我审美标准的女性榜样，又细又有力量的美滋养着我的视觉神经。以前我总觉得 Rose 很瘦，可这次仔细看才发现她真的肌肉线条感十足。虽然臂围很细，但肱二头肌、肱三头肌及肩部都有非常明显的训练痕迹，她一伸手就可以看出长臂的各处肌肉细节。她这么瘦，还能训练出如此好看的肌肉形态，想必是经过 1 万小时精准练习的。

她的职业是歌手、舞者，肌肉训练是她的副业。在主业技能精湛的同时，副业又很杰出，这不得不让人钦佩。我悄悄拍了一张 Rose 的图片，把她设置成了自己的身材目标。

在女团每个人 solo（独舞）后，一群黑衣舞者跳上舞台开始劲舞串场。这个时间是给四围女换衣服休息的时间。这时，一个领舞的男子走上舞台，动力十足，节奏带感，引发场内观众的喝彩，但这份喝彩声也只是在为他们的技能喝彩而已，证明自己过去的 1 万小时刻意练习，与 BLACKPINK 的喝彩声相差远矣。演唱会结束后，由于外国打车软件用得不熟，我们就坐在门口等酒店工作人员帮忙叫车。这个时候，那些舞者慢慢从演唱会体育馆门口走了出来，三两成群，或搭地铁，或骑自行车离开人群。想想 BLACKPINK 的专车、粉丝的尖叫,这些舞者只能孤单地离去。

他们同属于一个舞台。

职业能力只是成功的其中一步,而不是全部。看过一个综艺,Jennie 讲述自己在 YG 公司接受练习生训练期间的种种辛苦。虽然辛苦,但经历过职业发展的人都知道这是职业能力训练必不可少的部分,然而这些职业能力并不代表着自己就有机遇迎来巅峰时刻。正如黑衣舞者,其表演技能也精湛万分,但终究还只是拿基层收入,没有粉丝的追捧,没有更多演艺工作的邀约。

在这个行业,新人是否还有机会?

搜索 YG 相关资讯,发现 2021 年它曾在中国选拔练习生,要求报名者在三个类目中有过硬的能力,如唱歌、跳舞和 Rap。报名人数构成了演艺金字塔的底座,奋斗者趋之若鹜,塔尖始终是凤毛麟角,运气是成功者的必备条件。

可运气是能创造的吗?

我坚信它是可以的。但它需要比其他的底座技能更加精湛,更有耐心,更耐得住清贫,更经得住寂寞,更有格局,更愿付出,更能吃苦,更喜欢分享,更心怀感恩……数个"更"累积到一起,方能成为获胜的些许筹码。有人也许仍存疑惑,

第五章　当命运的齿轮开始转动

我们获胜筹码少之又少，怎么能赢？

据我观察，当命运的齿轮开始转动的那一刻，并不是筹码越多就越能获胜。正如开启命运大门需要打开对应的锁，如果你有钥匙在手，此刻你来到一扇命运大门前，你的钥匙恰巧能开启命运大门，而其他人手中虽然也有钥匙，但他们可能并没有机会走到属于自己的那扇大门前，手中的钥匙自然开不了面前大门的锁。任由自己拼命积累钥匙的数量，也无法开启人生的命运之门。

能走到与自己的钥匙匹配的命运大门前，靠的是运气。有足够多的钥匙和来到足够多的门前，靠的是技能本身的积累。二者缺一不可。还记得在哈佛大学商学院课堂上，领导力课程教授 Boris 问我们，企业家取得成功，到底是靠运气、领导人还是团队？如果用百分数确认它们彼此的固定权重，你会如何分配？

我把运气的权重写成了 50%，身边的美国同学写了 10%，墨西哥同学写了 15%。人力与天力，在中国哲学系统中自古就是永恒的话题，人定胜天，是人类对战胜自然的美好向往与拼搏追求。"天之道，损有余而补不足；人之道则不然，损不足以奉有余。"行天道者，人恒助之。寂寞的黑衣舞者很美，但想要成就舞蹈梦想，成为一名舞蹈明星，则需奉天道，行人道，一战成名。

有野心的女性真的会发光

此刻,我正在欣赏着其中一组帅小伙儿劲舞的照片,内心为他们暗自赞叹。加油,黑衣人!

光鲜亮丽的背后一定有一地鸡毛,只不过还没有机会给其他人展示,就被颂扬的声音淹没了。

第六章

与人生中的矛盾做朋友

"每当你无法决定走哪条路时,选择那条能带来改变的路。"

"着急者易被操控,愤怒者易被左右。"

第六章　与人生中的矛盾做朋友

忘，是一种绝学

在港大读博的日子里，有时听到教授们一些有趣的话，我一定会记下来，觉得经济学家们看问题的角度就是不一样。上郑教授的课程时，他问学生："为什么每年人们在新年都会非常有仪式感？为什么新年对人们来说如此重要？"

每个人都会在新年告别沉没成本，让过去翻篇儿。

每年我都会举办跨年大课，已经连续举办 5 年了。在这 5 年的过程中，我见证了上万名同学携手共同跨年的欢声与泪光。

人生并没有翻篇儿，但新年可以让人相信，我们过去的一年终于可以翻篇儿了。假使上天让我们失去了"年复一年"这样的安排，而是从你诞生后的第 1 天开始计数，活到第 29 220 天后死亡（假设寿命是 80 岁），这样计算时间的安排与现在每

有野心的女性真的会发光

年一个新的开始的安排相比,哪个更适合人类社会?

这两种计数方式唯一的区别是第一种没有循环,而第二种应用了循环的设计方法。如果一天天数着过,没有循环,人会觉得只能往前走,没有一个地方可以停下来歇歇脚,让自己知道全新的里程碑已经开始。就好像上楼梯一样,如果楼梯像天梯一样,一直旋转直上,相信爬楼梯的人会累到怀疑人生。而楼梯缓步台的设计就很巧妙,每上15阶,就有一个缓步的地带,让自己歇歇脚,然后再次攀登。这个缓步的地带就是每年的跨年时刻。

缓步台、跨年时刻,这些美妙的设计都不是自然天成的,而是来自人类的绝妙点子。可以说,它们是为了美好事情的发生——为了人类的遗忘而存在。事情没过去,但我们淡忘了一些事情,对大多数人或事来说,这是一件极好的事情。

忘,是一种绝学。

很多复仇的故事之所以会造成新的悲剧发生,是因为当事人没有忘的能力;很多人在自己爱恨情仇的小圈子中无法自拔,是因为没有忘的勇气;有太多人不断循环往复地活在自卑的情绪中,也是因为没有忘的决心。

我在创业中遇到过很多困难,其中有两个人让我又伤痛又爱怜。他们是两位男性,都做过我的助理。其中一个从澳大利亚回来,离职后,沾染了赌博的习气,用尽各种方式骗走了我的

第六章 与人生中的矛盾做朋友

车,并把它抵押给了典当机构。后来他入狱几年,欠我的钱至今没还。我当时很生气,可后来我把他对我的背叛给忘掉了,现在回忆中都是他担任我助理的时候为我考虑的一切。还有一个男士也做过我的助理,后来被一步步提拔为高管,可在职期间他做了很多违背职业道德的事,后来他主动提了离职,自己去创业。他还协助一个人挖过公司资源,做过背信弃义的事情。我也把这件事遗忘了,后来记得有一年跨年时,他给我发了很长很长的语音和文字解释,他最终逃不过良心的问责,离开了那个人,也再没做过对不起公司的事情。最后我心里记着的都是他曾经的付出和拼搏。

当然作为一名创业者,我还经历过各类的困难与挫折,但我索性选择了忘记。我并没有时刻记着他人对我的背叛与敌意,我忘记了所有不开心的事情,只挑选了美满的回忆并走在人生向前的大道上,自信而幸福。

当然,我也做过一些对不起他人的事情。创业初期不懂江湖规矩,我也经常会做一些违背人情事理之事,耍各类小聪明,欠了许多人情,这些曾一度成为我深深责难自己的武器,直到有一天我终于把一件事想清楚了:既然我欠下过人情,做错过事,那就把它们一一弥补,然后忘掉它们,不再犯同一个错误即可;不要始终背负着它们,这样自己是无法轻松行走的。忘，也是一种能力。

还记得以前谈过一次恋爱，对方选择跟我提了分手。其实跟这个恋爱对象，相隔只有一年多时间，就被对方提了两次分手。第一次被分手的时候，我无比痛苦，每天以泪洗面，也因此看了心理医生。我一直认为是自己不够好，才造成此次分手，一直在自己身上找问题，希望通过提升自己，去匹配对方的需求。后来，在我和对方共同努力下，我们复合了。可第2年，当我第二次被分手的时候，当他说出这句分手后，我扭头就走了，把对方与我的联系方式全部切断。虽然我也很痛苦，但我明白了一个道理：并不是因为自己不够好，而是你跟他匹配度很低，这是一项自然的选择，所以分手是顺理成章的事情。

等分手后，我开始反思这段恋情，发现了很多当时深陷感情状态下看不到的实质性问题，比如两人情致能力的不匹配，两人文化的相斥，彼此价值观的相悖与人生观的相斥。在一起的日子，我一直努力地适配他，几乎忘记了自己。我以为为了适配他做出的牺牲是值得的，可等我抽离出自己与对方的关系时，我才明白自己是看低了自己，强行让对方与自己看起来是合适的恋爱对象。

从对他的恨意，到后来没过多久，我便忘掉了他。这段人生心境的历程着实让我像被扒了一层皮一样，但它就是一课。

第六章 与人生中的矛盾做朋友

我忘掉了他这个人,但学会了一件事——"学会爱自己,才能爱别人"。找另一半,低配或者高配自己的方式,终究都会让自己觉得不公平,自然也不能收获幸福。

忘掉,是最好的修复,也是人生的最高境界。

还有一段时间,我作为一名年轻的创业者获得了特别多荣誉,很多人以为我会有飘飘然的感觉,觉得我这么年轻就拿了这么多荣誉。但其实我总有一种诚惶诚恐的不安,认为自己不配获得这么多,这些都是超出我自身能力的,我总会深深陷入一种"低配得感"中。后来一位老大姐对我说:"张萌,你需要忘掉这一切,重新出发。"

我的心理负担都是自己加给自己的,没有人让我得意扬扬或者觉得自己德不配位,是我自己出现了一种"我对自己的预设"与"我实际获得"的不匹配感。如果我忘掉了自己的实际获得,我对自己的预设也将不复存在,也就没有了所谓的骄傲或者惶恐情绪,这样的心态还能铸就下一次人生的小巅峰。所以后来我在创业路上,不断收获,不断放下;不断输入,不断遗忘,让自己始终处于一种动态平衡的状态中。

正如现在写作的时刻,我一方面在抽丝剥茧地回忆人生过往,但当我写下这些文字时,也瞬间忘记了自己经历的一切。人生本来就是来世间走一遭,旅游的心态就刚刚好。

🗣 有野心的女性真的会发光

生活中的仪式感弥足珍贵。多年以来，与同学们一起跨年，新老效率手册交替，写下新年目标，已然成为"跨年三件套"。

第六章　与人生中的矛盾做朋友

损失效应

行为经济学家丹尼尔·卡尼曼和阿莫斯·特沃斯基提出过"损失厌恶"效应，他们的研究揭示了人们对损失的反应更为强烈。根据他们的研究，人们通常会承受更大的风险去避免损失，而不是去追求同等数量的收益。在港大的一次行为研究方法课程中，万教授讲到这个效应时我立即想到了大学时代的一次经历。

15年前，我曾有一次向死而生的经历。大三时，我跟一个帅哥谈了一场轰轰烈烈的恋爱，结果有一天突然发现有件事一直被对方蒙在鼓里，对方做了一件与我价值观极其相悖的事情，怕我知道实情后会与他分开，他选择了隐瞒事实，没有告诉我。可当我知道事实后，整日深陷痛苦中，当时我已经爱上了对方，可遭此欺骗，遇到了既定的事实，不得不放弃这段恋爱。那是一种生不如死的感觉。我呆呆地站在教学楼下面，看着楼上窗户里蓝色的窗帘飘出，我幻想自己站在窗台上一跃而下的情景。"啪——"我摔了下去，血迹四溅。我想象着自己已经死去，想象着这个世界发生了什么：我的家人悲痛欲绝，我那男友也会很伤心，学校会通报我的死亡，而历史上又多了一个为爱殉情者。

当我构想着这一切的时候，我暂停了自己的念头，让自己重新开始思考。如果我在此刻停止了跟他的恋爱，会有一个阶段性的痛苦，可我一旦挺过这段煎熬期，还会有新的绽放。这里我经历了两种损失，一种是恋爱的损失，一种是假想中我离开人世的损失。我将两者相比，发现我还是不希望自己离开世界的，这样的损失过大，而我也不希望跟他在一起，跟他在一起同样意味着我会继续受损，跟自己的价值观相悖。我通过自己跟自己的损失博弈，赢得了人生新的开始时刻。

预期损失，有的时候也是驱使一个人奋斗的动力所在。

我是被什么驱动的？我想，有些人是情怀，有些人是目标，而我则是被恐惧驱动的。我奋斗的动力是怕失去。我曾经在团队面前拍过一个翻包视频，即向镜头展示自己包里平时放了什么东西。等我全拿出来讲解一遍的时候，团队不论男女全

第六章　与人生中的矛盾做朋友

都傻眼了,直竖大拇指夸赞,萌姐你准备得可真齐全,怪不得这么沉。记得有一次跟我港大的同学吃螃蟹宴,席间坐我右边的男孩儿手被钳子划破了,我忙掏出我的医药包,用消毒湿巾为他消毒,并给他贴上防水创可贴。我身边的女同学说:"张萌,你可真贤惠!"

其实,我并不是一个"齐全"或者"贤惠"的人,我只是害怕损失。因为生活总有意外,而能掌控得越少,我越会担忧。生活总有突发事件发生,而我带的东西也许就能在不确定性之中,让我拥有一点点的确定性。我背的看似是一个沉重的背包,其实是我的安全感。

我一直在探求自己安全感缺失的原因,我想这可能与我的原生家庭相关,也可能与我的成长经历相关,在一个悲观的乐观主义者眼中,我习惯从这个世界中能掌控的部分入手,收获更多快感与爽感。而这种所谓体感上的快乐,来源于你将自己放入一个更加安全的地带,让自己时刻被熟悉的一切包围。

我的安全感缺失也体现在我的宅家行为上。我是一个超级宅的人,即使不见人,也会在家里把自己打扮得美美的,只因为家里的一切给我一种安全感。每天晚上进家门第一件事就是点一根香,只要那熟悉的线香在房间萦绕的时候,我就知道这个地方属于我。后来自己每每出差的时候,都会带上自己的浴巾、干发帽、拖鞋、线香、丝质的枕巾、熟悉的杯子、习惯饮用的茶点。这些都会在色香味上保持家的熟悉度,而这些熟悉度带给我的更是安全感。

一种生活方式成就一类人。卡尼曼教授研究的损失厌恶效应是从经济学角度来描绘人类的行为,而今天我所描述的安全感则是有类似经历群体的情感共鸣。正因为怕丢掉,所以才会紧紧握住。

但有一天,当一个朋友引导我要放下警惕心,打开心扉,换一种生活方式的时候,我好似在一种全新的生活方式中忘掉了时间的流逝,那一刻也很美妙,感受另一类人的生活哲学的确也是人生之美。可再待一日又会感到不自在,每个人的生活抉择是不同的,没必要活在不属于你的生活方式中。即使他人活得很好,那也只是属于他的欢愉方式,而你总有你的自在。

第六章 与人生中的矛盾做朋友

纠结时，选择那个能带来改变的选项

在欧洲出差的时候，我收到出版社的邀请，与凯文·凯利先生对话，他出版了一本新书《宝贵的人生建议》，我就这本书与他对谈，尤其是关于个人成长与时间效能部分。凯文·凯利代表了预测派，这些年他也出版过很多优秀的作品。我读到了这样一条建议："每当你无法决定走哪条路时，选择那条能带来改变的路。"当时的我刚做完一项人生抉择。没想到我做出的选择与他的描述不谋而合，我不知不觉走上了这条能带来改变的路。

说到带来改变，最厉害的改变应该是 Transformational Change（巨大变革）。这个主题正是我在哈佛大学商学院学习的主题。2023 年 5 月我开启了哈佛校园 3 年的学习生涯，第 1 年的学习主题即巨大变革。每个企业家都在企业发展中寻求变革，有时变革来自外部力量的推动,如环境、政策的变化,全球新冠疫情就属于这类推动要素。然而除这类变革因素外,还有另外一类助推力,即由内而外的变革,就是内在动力源的转化,一个人找到了变革中的一个核心破局点,然后将这个点变成一个切口,就能呈现出一个巨大的市场机遇。每年大量的企业主都在学习,寻求变革力量的诞生,在头脑中率先掀起核聚变风暴。

然而,很少有人能够创造出真正的变革。我观察过身边几个要好的企业主朋友,他们似乎也读了很多书,交了很多智者朋友,都很想做出巨大的改变,可到最后都收效甚微,甚至不了了之。

一个人如何创造改变?变革到底如何发生?

多年前,一个作家送给我一本书,打开扉页,上面写了一行字:凡事彻底。我想这就是大多数人纠结、犹豫的原因所在,选 A 还是选 B,当二元选项摆在我们面前的时候,内心的小算盘在不停地计算得失。选了 A,会纠结 B 可能会给自己带来更大的收益;转而选 B,又会遗憾自己没有选择 A。周而复始,不断纠结,多年之后仍然会因为选 A 而遗憾,或因选 B 而追悔莫及。

"既要又要"是人性,但更是制约人释放巨大魅力的绳索。没有完美的人生,只有完美的瞬间。很多时候我们纠结于长久

第六章　与人生中的矛盾做朋友

的幸福，而忽视了短暂的快乐。我们总想追求不变的定数，可我们明明活在变化莫测的世界中。没有人可以活在永久的快乐中，可我们总想把瞬息变成永恒，就如用钻石代表永久的爱。可哪里有一成不变的爱？《新约·哥林多前书》中这样描述爱："爱是恒久忍耐……"爱一个人，意味着要选择忍耐一个人。如果当初知道此后余生是天天忍耐，你还会不会选择爱上这样一个人？即使换一个人，会不会有不同？

当然有些人依旧会爱，有些人宁愿自己没有一时欢愉，也希望逃避如此这般的情感枷锁。只是大部分人当初陷入这段情感迷思时，并不知晓它是一项极其复杂的自我修炼工程，需要通过爱一个人来完成自我沉淀、自我升级、凤凰涅槃。

不论是情感还是事业，当遇到纠结时，心中默念，选"那个能带来改变的"。

前两天，一个读者来信说自己经常会很纠结，对人生的选项总有不确定的犹豫感，总给自己带来患得患失的情绪内耗。我对她说这的确是人生的一种常态，人性是趋利避害的，古人从一出生便开始躲避野兽，受恐惧驱动，慢慢形成了自己的定居文明。他们发明了农业，以居所为中心，世代延续，伴随的是肌肉量下降，体脂率升高。现代文明之下，人们在安稳的内心中不能自拔，游戏的发明，社交媒体的兴起，成为人们暂时躲避

有野心的女性真的会发光

生活苦痛的驿站。明知人生是不确定的,但又渴望着确定性,矛盾又纠结。更有趣的是,小时候我们看过的童话故事,王子和灰姑娘从此过上了幸福的生活。阶层的穿越,爱情的美满,一生在一个转折点后从此平稳,这些在现实生活中极其艰难的事情,被这样几句话描述后,成了少女们的枕边物。更有偶像剧、肥皂剧,霸道总裁爱上平凡少女,穿越回古代的平凡女孩嫁入皇室。这又给了很多少女一种不切实际的渴望,仿佛霸总在等你,皇帝在守候你。而真实情况是,出身普通又不努力,被看见的机会几乎为零。但我们始终不能否认,这些年,那些跨越阶层的女性比比皆是,究其精妙之处在于利用好了杠杆原理。

"给我一个支点,我可以撬动地球。"通过你的灵敏眼光,找到一处支点,把握几次机遇,普通女孩自己也能变霸总。

说到机遇,它可以是18岁的高考,是未来在某一座城市发展的起点;它可以是属于一个时代的巨大的行业机会,高速发展的新行业中蕴含着无限的可能性;它可以是一堂课,如一剂猛药让你清醒;它可以是一位贵人,让你斩获重要的人生机遇;它也可以是一个教训,让你不再重蹈覆辙。

纠结,是一种心理表达;而想开,需要你转变心态。人生本就是一场旅行,去选择那个能带来改变的选项吧。

第六章　与人生中的矛盾做朋友

换一个灵魂

"着急者易被操控,愤怒者易被左右。"这句话是 2020 年我对我合伙人讲的。那个时候我跟她一起经历了一场事业浩劫,如果我们挺不过去,我们的事业就玩儿完了。

2023 年,我去世界各地选品,谈企业出海的事情,途中遇到了很多奇葩事件。比如,在泰国,我们没登上飞往斯德哥尔摩的飞机,还被"请"进了当地派出所;助理把航班早定了一天,第二天无票;香港突然来了九号风球,定好的行程全都打了水漂儿……有一位随行同事的朋友圈是这样写的:"如过山车般的一天终于结束了。"他们很好奇为什么我的情绪那么稳定,一个人拖着行李箱行走天涯,遇到不畅快的事情也没有丝毫情绪不稳,他们都问:"萌姐,你是怎么做到的?"

其实我的原生家庭并不属于情绪稳定一族,都是"不开心一定要通过言语表达"这类的,从我的上上辈开始,到我母亲这代人,都身陷情绪管理的泥淖。看我爸妈开车也是一件趣事,连道路选择都会各抒己见,互不认同。我经常开玩笑说:"你们居然如此不合,经常憋闷着情绪,然而你们都不离开彼此,也真奇怪。"

小时候,我经常能听到怒吼的声音,甚至是半夜的尖叫。自然,我复制了萌妈的情绪管理能力,成了跟她一样的"小动物"。刚创业的时候,我经常会怒吼,发脾气是生活常态。我继承了萌妈的一切,不假思索地照单全收。直到2016年我患有甲状腺多处结节,医生建议我对甲状腺进行切除的时候,我才明白,自己需要调试整体系统。

别看我现在说得风轻云淡,当年可真是跌宕起伏般的凶险,我能挖掘出自己的病症根源并开始行动,在我现在来看还是不可思议的。

情绪调节其实很难,但带着改善自己不良情绪的目标,我还是经历了"觉察情绪,自我反思,情绪压抑,真情释放,道法自然"这些历史阶段的。

首先是觉察情绪。如果你乱发脾气而不自知,其实缺少的是对自我情绪的觉察。就好像我曾在一个地方租办公室,而我

第六章　与人生中的矛盾做朋友

楼下的邻居经常在楼道乱扔垃圾，跟他们沟通他们也从不改善这个问题，以至于我们公司替楼下的邻居收拾了两年垃圾直到他们搬走。你的坏脾气就如倒垃圾，随意倾倒，伤人伤己。

其次是自我反思。这个阶段你已经能看到自己了，你知道自己在情绪管理中的失控性。虽然你仍然会时不时地发脾气，但此刻你已经能够觉察出自己的坏情绪。就如那个乱倒垃圾的邻居，当有一天他能意识到自己在乱扔垃圾影响周围人的时候，就到了自我反思阶段了。

接着是情绪压抑。这个阶段的自己仍然缺乏方法，也不知道具体做什么能减轻不良情绪释放的弊病，很多人在这个阶段会选择忍住不发脾气。像《情绪》这套书推荐的，坚持不发脾气，一旦发脾气就把手环从一只手戴到另一只手上。讲真，这个阶段一个人还没有掌握正确的方法，所以一般遇事只能憋着。

真情释放是正向情绪的开始。每个人都有真情释放的时刻。在这个阶段，你愿意用自己的真诚去化解很多矛盾，愿意费时费力了解事情原委，愿意不加评判，试图去理解对方。这个时候你是真性情，你会开怀大笑，也会怅然若失，但你是一个纯粹的个体，不会将自己的情绪压力转嫁给无辜的第三者，更不会无故释放不良情绪。

道法自然是终极目标。任何情绪总要有自己的终极指向，道法自然是一种状态,就是任万千事物变化而我自岿然不动的镇定自若。这份自如不是"硬凹"出来的,而是自己真切的情感投射,以及倾听自己内心后,拥抱自己的真爱流露。在这个阶段,你将感受到情绪如诗意般流淌的动感。

解决了情绪问题,是一个人换灵魂的开始。我用了7年时间把自己变成自己喜欢的人,我没有将原生家庭赋予我的一切都清洗干净,还保留着自己极其喜爱的"上进""自尊",同时还有后天滋养中形成的"洒脱""果敢"与"放松"。人生是选择活法的过程,也是选择与自己喜爱的灵魂相伴的旅途。

好看

曾经有一股批判外貌协会的风潮,认为外貌协会是一种歧视,或者是一类不恰当的评判标准。我有一个友人曾问我:"张萌,你从小到大是否利用过自己的外貌优势?"

我有过吗?

小时候,我妈认为我长得好看,担心男同学喜欢我,为了避免我早恋,除了上学时间,其他时间她都不让我出门。所以我从小就痛恨我的长相,认为它是阻碍我与其他同学交往的障碍。后来长大了自己创业,有一次同事谈好了条款,即将签约,签约前与合作伙伴最后见了一面,结果对方见了我后立即说协议要暂缓,找了各种借口要单独约我出来聊。我后来停掉了所有 To B 的业务,专心做好 C 端服务消费者的工作。我认为，产品与服务才是企业生存的前提。今年去泰国打拳击赛，因为打的是职业赛，按照规则需要摘掉护头，我多次见到比赛被击打得鼻青脸肿的拳击手，心里甚至暗暗地想，如果我被对方打破相会怎么办？如果破相了，是否就意味着自己可以公平地与其他人在起跑线上竞争了？

这想法多少有点儿畸形，但有那么一刻，我的确这样想过。我从小到大，都不曾认为外貌是一种优势，反而我一直在努力隐藏及回避它。

有段时间，公司开始推科技美容类项目，我经常会到机构跟医生们沟通。我问他们，找你们的人是长得好看的人多还是长相平凡的人多，结果很多医生都表示这两类人都存在，只不过他们的情形各不相同。长相平平的人是来改命的，他们不惜卖掉房产，以寻求改变自己容貌的机会。而长相姣好的人来到这里，是不允许自己面庞有瑕疵，如皱纹、凹陷及肤质的缺陷。但无一例外，好看这项追求，不一定成为他们运用自身的美获得社会资源的路径，反而成了他们自己更好地认可自己价值的重要方式。换句话说，变美，是让自己变得更重要，更自洽。

有次我去法国巴黎出差，其中有一个护肤品牌的创始人是一名荷兰籍男性。42岁的他浑身散发着魅力，他叫Dann，出生在荷兰，在意大利成长了10年，后来在法国开启自己的事业生

第六章 与人生中的矛盾做朋友

涯，会说 6 国语言，创办了小众纯净护肤品品牌，他有丰富的护肤品行业从业经验，曾在圣罗兰、娇兰、兰蔻这些企业工作；此外，他制作的每个产品都是如艺术品一般的存在。我跟他开会，见桌面上都放着他的宝贝，他为我展示每一款护肤品的时候，都好像拿着自己的宝贝一样，如数家珍地向我介绍，修长的手指自如地捏着瓶子，挤出啫喱的那刻，迷人至极。

我有些看呆了，同事在旁提醒我不要花痴。但讲真，这位"才华横溢的产品研发"+"一周健身六次"的帅哥魅力十足。你买的不是一款产品，更是产品背后缔造者的情怀，你与他的理念共情，最后一起铸就了全新的自己。拿着产品，触碰着环保可再回收的瓶子，细嗅着纯净植物芳疗萃取的香气，感受着舒适的产品质地，看着它们美丽的外观。此刻，好看，是一种生产力。

见完 Dann，我又飞往巴塞罗那，在机场看着来来往往的行人，不禁感叹，好看的人可以一眼认出，在人群中你也想多望他几眼。但好看也是一把"双刃剑"，它会让一些人在特定情况下，获取资源的速度过快，形成不劳而获的惯性思维，久而久之，便不再如常人一样拼搏。突然想到亦舒笔下的黄玫瑰，她从年少到年老都是艳惊四座，一直以美丽著称，即使我读的是文字作品，也想见其真容。就连对她误解重重的女儿，也在见到她的那一刻被她的魅力折服。我也时常想问黄玫瑰,她自己知晓自己很美吗?这到底是给她带来了困扰,还是行了很多方便?

如果在原生相貌上无法做文章,也可以让美好的事物环绕在自己周围。在我的生活版图中,我一直在努力做一件事,即让自己周围只环绕美好的事物,让美在我们周围,悦人悦己是好看的宗旨。

好看,不一定要有用,有时无用之用亦为大用。在生活的长河中,时刻被美好的事物包围,时刻被自己欣赏,时刻活在自己设定的幸福模板下,也是一种好看。

第六章　与人生中的矛盾做朋友

喜欢你自己，这是一种能力。

> 有野心的女性真的会发光

还是习惯

最近一个月我在全球各地出差，不到30天去过了日本、韩国、意大利、法国、西班牙的巴塞罗那、泰国的曼谷，以及国内的香港、广州和深圳。我拎着一个白色行李箱，去的时候是小白，回来的时候已然变成小黑。疫情3年我一直待在国内，这次出来发现行业发生了很多变化，如功效性护肤已经变成纯净护肤，如从各类液体有效成分转变成固体环保化。记得在一次意大利的展会上，一个做产品研发的女士跟我讲了自己做产品的思路，她和她的团队坚信，未来这个世界的护肤品会是固体，一切液体将消失。我试着去理解她的理念，并带走了她的样品，一款将精华浓缩成小香皂一样的粉色圆块。晚上，我用水将它溶化，带着对未来固体的信念，将它擦到脸上，一夜安

第六章 与人生中的矛盾做朋友

眠。起来的时候我发现皮肤还是很湿润,亮泽度也很高,只不过使用的时候还是觉得很奇怪,毕竟女性用液体精华已经习惯成自然,或是滴管,或是压泵瓶,这些使用动作已然成为记忆中的符号。而今天在用像香皂一样的东西涂抹脸的时候,不免还是会认为它是用来清洁的,并不是精华成分。

我突然想到,其实我们原本的生活中,本来并没有精华一说,在美容业不断发展的当下,精华才成了一个"教育型产品",即很多人需要被教育之后,才会使用水乳霜精华之类的产品,而后才有了原液、小分子玻尿酸及羊胎素之类的形态或成分。一句话,"都是教育"。

刚开始,人们接受教育,购买产品后,就开始使用,这个时候,人们会形成重复使用的习惯。重复即习惯本身,慢慢你会对这类习惯上瘾,不知不觉就会去做。前几天在法国,我跟一家护肤品公司的创始人在做产品测试的时候,他让我清洁皮肤后第一步做的是 serum(精华),我很惊奇,说:"难道不是护肤水吗?"他很惊讶,问我准确的英文是什么,终于我们互相确认了词汇,他称水为 lotion,而我们对 lotion 的定义是乳液,而 essense 才是他们护肤意义上的水的概念。

全球的人共享不同的生活方式,我们的护肤步骤及流程并不相同,但我们都坚信自己的护肤方式是正确的。正如这家意大利的 solid cosmetics 公司，他们推崇的是固体化妆品，他们将会在全球范围内培养他们的用户，许多人是从各类"液体星球"来的，接受了他们的理念，共享了同一种生活方式，不断地习惯成自然，而这在产业经济学上也许是一个现象级的革命，但实际上这也是由习惯推动的一场护肤革命。

正如 2019 年我刚开始研发自主品牌的时候，去香港拜访郑明明老师，她是中国初代护肤专家及自主品牌的缔造者，虽已 70 多岁了，但还保持着少女心的状态。她经常自己护肤，也常去院线护理，她的皮肤状态自然，与未经护理的粗糙皮肤是不同的，而护理中的女性状态更是悠然自信的。还记得第一次见她的时候，向她请教护肤方法，她自信地表达着自己："女人一定要爱自己。"而护肤已经被商业驱动为一种"爱自己"的方式。

还记得第一次在我们粉丝群体中推动敷面膜行动的时候，发现居然有些人一辈子也没有敷过面膜。当你向他们介绍面膜的时候，还是比较艰难的，他们会有这样的疑问："我为什么需要护肤，它看不见摸不着，可能也并不重要。"可如果你让一个已经养成护肤习惯的人一段时间不再使用面膜，或者要求他们停止护肤的时候，我相信很多人第一天就受不了。这其实并不是爱不爱自己的问题，一切只是习惯问题。没有什么比习惯更

第六章 与人生中的矛盾做朋友

能让一个人上瘾。没有什么能让自己不知不觉地做事,除了习惯成自然。

爱一个人,到底是来源于我们的需要,还是来源于我们的习惯?当你每天跟这个人在一起的时候,你已经习惯了和他朝夕相处,习惯了枕边有他,习惯了随时都能给他发信息分享心事,习惯了感到欣喜或者遇到危难时第一时间向他倾诉。可如果有一天分开了,对方可能会说:"抱歉,我不爱你了。"但那真的是因为爱消失了吗?对先离开的一方来说,很有可能是因为他先选择了逃避,回到内心中的安全岛;对被分手一方来说,突如其来的分开更是意味着过去的惯性被打破,此刻旧习惯不复存在,我们不习惯"失去习惯"的生活。建立新的习惯需要勇气,正如我拿着那块固体精华,打湿了手揉搓出一些黏黏的液体,然后往自己脸上涂的那刻,我告诉自己,这就是新时代的精华,欢迎来到新世界。

与人生中的矛盾做朋友

人无法与未解决的问题共处。微信巧妙地利用了这样一个心理状态,于是它在你未读消息列表的右上角标红,它还觉得不够,又加上了数字,提醒你有几条未读消息。每当你等着某人发消息,看到这些红色的数字就会产生焦虑,它一出现立即想把它点开,看看里面的内容。甚至微信还研发了一个功能,你可以设置免打扰模式,来消息的话,数字不会出现,取而代之的是右上角的红点。这还是变相地告诉你,有消息来了,只不过没有数字那么大的急迫性,会让人降低一点点焦虑感,可那些强迫症人群还是会点击,把它们一一查看。如果你实在受不了一个人,便会删除他,眼不见心不烦。但即使这样,对方如果有你的微信号,你依旧会有红点提醒,这时他会出现在好

第六章 与人生中的矛盾做朋友

友申请列表上,你依旧忍不住要点击它。

这是人性。人很难与未解决的事件共处。有段时间公司出了一件事,我的合伙人都急于把它解决掉,他们试图通过沟通、谈判等积极措施去协调解决,并设置了一个 deadline(截止日期),希望在截止日期之前将事情彻底了结掉,然后再奔赴下一个目标。

那天在会议上,我问他们一个问题:"我们为什么需要解决这个问题?难道我们无法与它共处吗?"他们愕然:"不解决这件事,会影响我们做下一件事!"

为什么我们不能在做下一件事的时候,慢慢等待时机去解决前一件事?甚至,永远不用解决前一件事也是一种解决方案。

不解决一件事,也是一种解决方案。

不解决,会影响什么呢?影响更多的是人们的状态吧。可只要是人的状态,就可以调整。在写这篇内容时,我正在经历生活中的一大变故,我搬了新家,彻底更新了自己的生活圈及社交方式。按理说这段时间我应该灰头土脸,可我并没有成为"假想中的自己"。人并不会因为一件悲惨的事情发生,而让自己身陷险境。你还是你,不会因为一件事的发生而改变,你还是拥有肉体及思想,哪怕肉体的一部分被夺去,你还是完整的自己。

有野心的女性真的会发光

我一直不太喜欢《神雕侠侣》中杨过这个角色,大概是因为他与太多女子都有过说不清的好感吧。但有一件事让我对他有所改观。他被郭芙斩断手臂之后,作为一个习武之人,他并没有丧失生命的斗志,反而很快在山洞中开始与独孤大侠的雕练习新剑法,即使独臂,他也成了新一代的武学宗师。他的身体被剥夺了一部分,但他更完整了,他的完整性在于自己与残缺的身体融为一体。"杀不死我的,必将使我更强大。"

矛盾每天都会发生,但我们无须解决矛盾本身。你能容纳矛盾并行于一身的数量,决定了你的社会成就。想想那些著名的历史人物,哪个是要清空所有矛盾才能做好下一件事的?创业之初我在北大学习"从历史看管理"课程。有一位沈教授讲得很好,他说毛主席是运筹帷幄的高手,主席总能深刻地认识矛盾,善于用一种矛盾去制衡另外一种矛盾,用一种矛盾促进其他矛盾的解决。矛盾就像是他手中的砖瓦,都成了他所建大厦的一部分。

有了这种心态,就不会害怕矛盾的出现。但本质上我们对矛盾的看法仍然是负面的、悲观的。我们有没有可能将心态调整到全新的高度,去期待矛盾的出现,并拥有一种真实的喜悦感?我北大历史班的同学组织了一次武当山学习,叫我一起,可我当时在全球各地出差,给错过了。后来跟同学们聚餐,探

第六章 与人生中的矛盾做朋友

讨武当山学习之旅,发现有同学已经掌握算命测字的方法,席间有一位高势能同学替其他同学算命,有位同学听到他对自己八字的解读后脸一沉,显然那不是自己期待的人生。

这时一个新的矛盾形成了。假使这位同学相信其给出的人生结局,他便需要与这个"结局"自洽共处。即使这位同学不相信这种人生结局,他也会受到心理暗示的影响。不管怎样,当这位同学知晓自己的"结局"后,这个矛盾已然形成。

一顿饭,带来了一个全新的矛盾。桌上每个人都有了全新的矛盾。生活中类似这样的事件比比皆是。进入一家新企业,面对全新的环境,是同事都努力比较好,还是都"躺平"比较好?你自己愿意接受哪种矛盾呢?

同事都努力精进,势必会有激烈的竞争,其中定会有分离,也会有新关系的塑造。如果同事都选择"躺平",又会有理想与现实的矛盾出现。不论怎么选,矛盾是永恒的。人无法在真空中生存,社会就是矛盾关系的总和。我们唯一的生存方法是兼容所有矛盾,成为一个与矛盾共存的统一体,成为一名真正的矛盾接纳者。

人生是一个永恒地与矛盾相处的过程,永远不要试图解决矛盾,它是你的攻克对象,也是你的朋友。

有野心的女性真的会发光

其实我并不需要那么多

> 我以为我需要,但经过那样的生活后,我发现其实也可以没有。

这句话是从我发小朋友圈摘抄的,她放下了国内的一切,带着孩子去加拿大生活,大概两个月后,她突然发了这么一条朋友圈。她是一个才华横溢的制片人,从毕业到今天做了很多优秀的作品。我认为她这样一个女性创业者,是断不能丢下国内的一切,一个人带孩子到海外生活的。可如今看她生活得好像还挺好,学会了开车做饭,经常去大瀑布,还带着孩子看夕阳……

2023年我过了一段基本不在家的生活,提着一只行李箱,行走于世界各地,一个多月才回北京一次,住几天后又离开北

第六章　与人生中的矛盾做朋友

京,这段时间我对生活有了新的思考。

我以前认为自己需要很多东西才足够,甚至认为东西越多越能代表我的富有,越能代表我的能力与地位等。可等我真真正正地拿着一个行李箱,一个月的生活都只寄托于此时,我才知道我真的不需要那么多东西,我的需求只有一个行李箱那么多。在旅途中,我经常需要一个人提着行李箱上列车,它实在是太重了。于是我又开始在一个行李箱的基础上精简里面的东西,我扔掉了整整半箱东西。其实我不需要一个大行李箱,我也许只需要一个小行李箱,这便是我生活的全部。

其间,我即将搬入北京的新家,于是我又把这个理念放入北京的新家中,我终于知道原来我的需求如此之少,我可以放弃很多,与其说是放弃,不如说其实我并不需要,我是被别人告知我需要它们,我才想去拥有的。现在看来,它们并不是我生活的必需品。人总会形成一个自我预设,告诉自己需要把地方填满,把内心填满,不断通过购置、拥有新的物件来证明自己。这显然是一种假象。

我们生命中的很多事物都可以没有。前段时间的李佳琦直播间事件,其中有一句话是让粉丝反思自己收入是否增长。这话一出他可能意识到有些问题,而后开始道歉,试图缓和一下之前的矛盾。那句著名的"所有女生,都买它!"成就了李

有野心的女性真的会发光

佳琦本人,但当"所有女生"中的一部分转身离场,已然不是"所有女生"后,不免造成内心的缺失感,这也许是他和团队的一次低谷,可他们到底需不需要"所有女生"呢?

去看 BLACKPINK 演唱会庆祝七周年时,主唱 Jennie 表示,这 7 年她经历了人生的高低起伏,有各类关于乐团的传言。实际上,那些成就自己的,同样也会颠覆自己。

不论是爱情、亲情、友情还是事业,当它们在成就你的时候,自然会收获满足感;当你得到更多的时候,会满足并享受于自己想得到它们的这种现状;当这种生活被外界剥夺时,一个人便会无法自持。

从人生高峰走入低谷,难舍的不是人生本身,而是对高峰时刻多巴胺的迷恋。设想如果我们从来没有经历过高峰时期,也许不会拥有如此的快感,当然也不会有失去的悲伤。但快感与悲伤,恰如乐谱上音符的跳动,如果生活中只有一个音符在持续作响,显然逊色而单调。那些向往山野的人,往往是平时在高楼大厦中行走江湖的人;那些向往孤独的人,曾经是在芸芸众生中叱咤风云的人;那些向往朴素的个体,曾经拥有纸醉金迷的浮华人生;那些跌在人生谷底的人,曾经拥有辉煌的巅峰时刻。

生活有选择的公平:是选择如曲线般起伏的人生,还是选

第六章 与人生中的矛盾做朋友

择如横线般平直的人生？正如一位读者曾问我："我想拥有安稳平顺的人生，可我还想拥有顶级的职业收入，还想有大量时间照顾两个孩子，同时还想要更多的人生自主权，我该怎么办？"

我笑了，对她说："降低欲望，花 20% 的时间做突破自我之事，剩下保持平顺就好。孩子会上大学，你无须一生照料他，总会有自己 all in 事业的那一刻，不必着急，你有一整个人生去实现所有的梦想。"

当我们把奋斗周期从 60 岁退休变为一生事业之时，就不会因为近一两年收入下降而倍感焦虑，也不会因为同龄人近几年强于自己就深感汗颜。你，是用一生的奋斗来成事的。

> 有野心的女性真的会发光

拖延是一种策略

我写的大部分书都跟时间与效率相关，有段时间我甚至成了效率的代言人，但凡谈到效率这个词，很多时候我都会成为被提及的对象，朋友圈中大部分人对我的认知都是效率奇高、极致忙碌，很多访谈找我也都是谈如何治疗拖延症的。可我并没有机会展示自己的另外一方面，这也许是我写这本散文集的原因。我认为，不是所有拖延症都需要治疗，有一些拖延就是策略本身。

我曾经看过一个家族传承的册子，里面都是各大上榜富豪对自己子女的"真心话"，其中有一个问题是这样的："请你跟子女分享你这么多年的智慧真谛，不过只能分享一句，请你谨慎思考。"

第六章　与人生中的矛盾做朋友

我看到了一些"珍惜你的时间""永远利他"等寄语，但这些内容在其他场合也能听到很多，直到我看到这样一句话，让我产生了不同的思考。这是一个女富豪对她儿子写下的一句话——"拖延是一种策略"。

后来我研究了他们家族企业的背景。女富豪白手起家，在改革开放时期创办了自己的公司，儿子小时候就被送往国外留学，毕业后回到家族企业工作，母亲准备了接班人计划。这句话正是在她儿子接班之际写下的。我虽然不了解具体背景，但听知情朋友讲，她儿子非常认真，每天努力学习企业管理知识，就是有一个问题，有点儿急脾气，毕竟太年轻了。

年轻明明是一件好事，但在此语境之下，它表达的显然是贬义。

在这种情况下，他母亲对儿子讲，不是所有事情都要解决，凡事讲求策略，拖延正是一种常见策略。见到儿子疑惑不解，他母亲是这样解释的："有的时候，当很多事情都处于胶着状态下，你硬是要将它解决，无异于让矛盾越发激化。这个时候你虽然可以解决这件事，可拿到的结果往往事与愿违，不是因为这件事不能被解决，而是现在解决它并不是最佳时机。一个人如果愿耐心等上数月，甚至三五年，那结果一定是不同凡响的。"

有野心的女性真的会发光

我从这件事所学甚多,我以前的急脾气深受母亲影响。她是一个做事风风火火的人,我这点随了她。后来在我 10 年的创业旅途中,我慢慢发觉自己其实并不是天生的急脾气,而是我用所谓的急,掩盖了我在"等待"上的"能力满足"。有一本心理学著作《延迟满足》,它讲述了一个棉花糖实验,给了我很多启示,即我们生活中的很多美好事件都需要等待后才能出现。而等待是需要用好"拖延"这个策略的。这里所说的拖延绝不是应做之事不做的那种拖延,而是对那些需要"静待闲庭花开花落"之事的耐心,以及对好事发生的坚信。

佛家讲人间有八苦,其中有一苦是"求不得",这也是一种人间常态,可以觉察到生活中很多痛苦都来源于此。想要而得不到,苦苦等待却一无所获,佛家讲这是一种执念,"应无所住而生其心"。没有这个"求"的念头,自然不会有痛苦的存在了。可今天所言"拖延是一种策略",又是人间另外一幅画面。

一件事发生,当然应有"求"的心态,只不过不要把这种心态 100% 的剂量在初始状态就全部释放,是不是可以把这 100% 的剂量分散到数年,每年再分 365 份?这种剂量对人体来说,只是"慢性缓释焦虑制造剂",可能会有一点儿小急,而绝不是那种"如果现在解决不了,我就无法安于当下"。这也

第六章　与人生中的矛盾做朋友

是学着"放过自己"的重要角度。

小事见水平,其中一项自是拖延策略的应用水平。这也许是那些武艺精湛的大侠在兵临城下时依旧拥有的那份闲适,并不是装闲适,而是他们的焦虑已经被无尽稀释过。

想到这里,如果你现在在大城市没有房,工作多年依旧乘公交坐地铁,或者数年职场仍无法升迁,不一定非要功成名就,但上进之心还是要有的。如果有太多动力无处释放,可以将青春与热血转化为提升自我的热情。这个世界上,太多事情没有定数,但提升自己是永无止境的。无为,也是为了更好地有为。

心态稳了,人生就能赢。

第七章

做一个生命体验者

过程中淋漓尽致,
结果上顺其自然。

第七章 做一个生命体验者

写在36岁，一切才刚刚开始

今天是一个特别的日子，36年前，一个叫张萌的小朋友诞生在这个世界。而今天，她36岁了！

每年生日、新年及创业纪念日，我都会写一篇文章，今年也不例外。

我其实很早就开始构思今年我该写点儿什么，用来概括我的35岁，迎接新的36岁。想了很久都没想好，加上最近遇到了很多事情，百感交集。

我心底有一个声音：36岁意味着什么？

说实话，小时候我觉得36岁已经很老了，绝对是老阿姨。

可等我自己到36岁的时候，在这一刻我才能有真切的36岁的体验、鲜活的感受。讲真，我觉得36岁太酷了，一切才刚

有野心的女性真的会发光

刚开始。

36岁的酷来源于成熟度。过去我们对很多问题还是很懵懂或总有幼稚的理解,当你拥有一定的社会阅历,有更好的资源时,自然能更好地帮助自己去做判断和选择。

36岁的酷来源于这个年龄的从容。这种从容不是故作镇定的从容,而是发自内心的不紧不慢,找到了自己的节奏。

36岁的酷来源于积累。你在某个领域奋斗数年,自然会有你的位置及一定的话语权。也许它是你赖以生存的硬本领,或者是来自家人支持的底气,你走在按照规划实现梦想的路上,内心坦然,这与26岁是相当不同的。

遥想自己在26岁的时候,刚刚要开始创业,那时的我纯是小白一个,既没有经验又没有人脉。在我创业近10年的光景里,这个世界发生了很多变化,从线下世界到线上世界,从出行自如到疫情3年,这个世界按照它的规律在持续地发展。

短短几年间,我们现在看到的事物与先前发生了巨大的变化,包括人与人之间的关系、人与人之间联系的方式等。然而,也有很多东西是亘古不变的,比如说一个人的真诚、一个人的果敢、一个人的勇气及一个人的行动。

在我36岁生日这天,我有一些想对我自己及身边的朋友分享的内容,与诸位共勉。

第七章 做一个生命体验者

一、36 岁成熟的是心态

有一次我直播的时候跟读者探讨什么是成熟,我当时说,一个人的成熟应该是他经历万千而不世故,历经沧桑与波折,仍然能以一颗真诚的好奇心去面对这个世界。

我当时还特别拿幼稚与成熟做了对比:前者是没有这段经历,要去遨游这个世界;而成熟不同,你历经万事还对这个世界抱有好奇心与想象力,难能可贵。至少我认为,36 岁的我就是这样的一个人。我也希望将这个品质继续保持下去。

当你对这个世界拥有越来越多的认知与了解后,自然会形成一套独特的价值观,以及你对很多事物的偏好与选择。

说到选择,人生时时刻刻都需要你做出选择,做好选择。小到你吃什么,穿什么,大到你选择什么行业,与谁在一起,甚至是过一种怎样的人生,你无时无刻不在做出选择。

有一种人总会对自己的选择后悔,没过几年,甚至只有几个月,就会对自己原本的所作所为后悔。这种情况频繁发生,根本原因还是他彼时彼刻没有思考清楚,没有想明白,没做对选择。

36 岁的我明显发现,我对自己的行为,对自己的决定有着一种不一样的心态,这份心态更加果敢与从容,更加敢于去负责和承担。

而这份担当是自己经过深思熟虑后做出的选择，纵使自己当时很多问题并没有处理好，或者是做了事与愿违的事情，但你依然愿意去面对、承担一切的后果，这也是一种真正的成熟。

36岁，人要面对更加成熟的自己，摆脱幼稚无知的自己。看似一年的时间很快，但我却觉得35岁到36岁这一年很漫长。觉得漫长是因为，我开始细致地观察自己思维的变化与波动。过去的我思维跳转得很快，一会儿关注这个，一会儿又关注那个。可这一年我改变了很多，我明显观察到自己的思维一直都在一个点上不断地聚焦，很少会发生波动与转移。

情绪也是我关注的另外一个角度。我原来是一个很情绪化的人，尤其是自己20多岁的时候，成天动不动就发脾气。后来，我的情绪逐渐稳定了。35岁以后，即使遇到事与愿违的情况，我的情绪也是稳定的。

你不再被情绪控制，相反，你选择做情绪的主人。拥有稳定的心态是一个人成熟的标志，而一个人对情绪的掌控也是理智的开始。

36岁的我，面对人生的决策时刻与人生的低谷，拥有了更成熟的心智，这是我36岁的第一个收获。

二、36 岁,也能拥有时刻从头再来的勇气

有时候,自己在一个环境待久了后,会越发熟悉这个环境,或者熟悉身边的人与事,便会不自觉地适应这个环境,也找到了一种让自己很舒服的姿势。

甚至有一个阶段,我就开始反思,自己实在是太舒适了,虽然每天工作依旧很辛苦,自己依然很勤奋,可我的思维和心态总是处在一个很舒服的状态中。

这种舒适感让我产生了一种莫名其妙的恐惧,我批评自己说:"你才 30 多岁,就开始拥有舒适感了。"我反思过,我想这种舒适感可能是由于我对自己所做的事情太过熟悉了,我觉得自己只需要按照设定好的节奏或是按照目标一步一步地努力,很多里程碑都是可以一一实现的。

这种认知在他人眼中可能是一种对生活的掌控感,可在我看来它就是一种变相的舒适感,这证明我的进步速度正在变慢,而我要做的便是主动打破舒适区,选择重新开始。

今年 4 月底,我本来打算好去哈佛大学商学院上课的,已经做好了万全的准备,可是后来考虑到团队与家人的情况,我还是选择留在国内,再次把哈佛大学的项目延期了。这已经是我第三次延期了,但我并没有停止自己学习的步伐。我转念一

有野心的女性真的会发光

想,我应该去做一些更有挑战之事,尤其是自己不擅长的事情。

于是我今年就申请了北京大学和香港大学联合培养的管理学博士项目,这个选择其实让我自己挺意外的,我过去从没想过挑战读一个管理学博士,我过去认为再读一个学位,莫过于给自己找麻烦,要看长篇累牍的文献,做大量实验,还要完成数个答辩,写长篇的论文……可真正让我下定决心的是一个晚上,我仍然清晰地记得,我想了一夜,了解到读博之路特别痛苦后,我愿意挑战自己,纵使这非常辛苦与费力。

重读一个学位就好像孕育一个孩子,需要从头去勾画它。记得当时申请的过程也是相当复杂,一份份资料、一次次面试及一次次考评,它会极度考验一个人的耐心与对自我的信心。

说实话,当时我还是很不自信的。我面对的竞争对手,他们个个履历非凡,有的人是知名上市公司的董事长,有的人是500强的CEO,而我只是一个创业第9年的新兵。在很多方面,比如经营和管理,我对管理的理解与对企业经营的认知都没有前辈们深刻。我多次问自己,我与那些大我二三十岁的人PK时,依然能获胜吗?

说实话,我有过自我怀疑,可我转念一想,人生就是需要时刻重新开始的勇气、挑战未知的勇气、打破舒适圈的勇气。每当自己过得太舒服的时候,就需要到一个更优秀的圈子去看一看这里边的人——啊！他们都比你厉害，你要有重新生活的勇气。

当然，我也了解，很多人到了中年，就会认为我们现在需要拥有安定感和舒适区，慢慢就会活在一种温水煮青蛙的状态中。此刻，你更需要有勇气去打破自己的舒适区，拥抱一段全新的开始，或者做一件对你来讲颇具挑战的事，这是很关键的。

后来录取的结果也让我喜出望外。就在上个月，我收到了录取通知，我将在今年9月开始一段学术研究的全新旅程，我觉得这是一种自我创新与不断探索的有效方式。

三、36岁，需要更加持之以恒地学习

熟悉我的人都知道我是一个超级喜欢学习的人，最近我还刚刚出版了一本书，叫作《从怕学习到爱学习》。身边多位朋友对我如此评价："张萌是我身边最愿意学习的人。"我觉得学习应该是一种基于内驱力的自我探寻，只有一个人认为自己能力不足，或者认为自己还有很多高峰可以攀登时，才是一种有效的成长方式。

我认为人生是需要用持之以恒的精神去向上攀登，不断进

步的。可在你进步的过程中，你总会遇到能力不足的情况。当一个人能力不足时，最好的方法就是学习，学习就是成长的捷径。每当我发现自己有本领恐慌的时候，我就会开启一段学习的旅程。

这么多年来，我一直都是一个持之以恒的学习者，尤其在3年前，我开始读中国哲学方面的书，这件事让我收获颇丰。当然我也啃下了很多大部头，过去我从来不认为自己有机会读这方面的书籍，尤其是翻都翻不动的书，但现在我居然能踏踏实实地去阅读了。

更让我喜出望外的是，我居然能让我的学生们也开始阅读。不论什么样的背景、什么样的年龄，甚至很多小朋友也开始热爱学习中国哲学。这正是由于自己读后颇有收获，能影响到更多身边人热爱阅读。

当然，学习这条道路并非坦途，每一天都需要面对波澜起伏。不论是对理论的不理解，还是需要思维不断升级才能理解的词句，在这方面我一直持续遇到困难。

可是我认为，一个人的学习不应该因为你有所成就而自满，我们唯一可以做的就是持之以恒地不断学习，不断进步。在这条持之以恒的道路上自然会有你读不懂的书、看不懂的话，以及理解不了的道理，然后历经认知上的"英雄之旅"，就像是修行之人参禅悟道的过程，这个过程就是一点点抽丝剥茧去理解与升级的过程。

四、36 岁，要学会做好小事

公司每年都会招聘应届生，有时人事部会给我分配一两位由我亲自去带。

我发现有些应届生有这么一个特点（倒也不是说所有应届生），有些人总认为人生是要做一些惊天动地的大事的，尤其是那些成绩不错、抱有雄心壮志的职场人，大概率总会想——我的人生就是要做一些大事的。

我初入职场的时候也有过这样的凌云壮志，但随着自己慢慢努力，取得的成果越来越多的时候，我便发现：决定人生高低起伏的并不是那些惊天动地的大事，而是一件又一件平凡的小事。

那些小事看似平淡无奇，但总能够磨砺一个人的心性，能够看出一个人的毅力与品格，以及能够彰显一个人的性格。很多小事都做不好的人，自然也 hold 不住（掌握不了）大事。

所以只有通过一件又一件小事，把自己的心性磨砺好，才能够承接未来的大机遇，接着才能去做一件又一件大事。

在我人生成长道路当中，我经历过大事，但是经历更多的还是小事。每一天都有很多细碎的小事，当面对很多小事的时候，你能不能做到处变不惊？

被一些无关紧要的人评价了一下，会不会让自己情绪不佳？别人说了你一句，你会不会觉得自己受了委屈，觉得不公？

你可以想象，如果你的心性会随着时间的变化而变化，随着他人对你造成的影响而变化，这个时候就出现了一个问题——你的人生会被别人牵着鼻子走。

我们的情绪真的应该被别人牵着鼻子走吗？情绪是我们自己的，是不是应该由我们自己做情绪的主宰，由我们自己做人生方向的主宰？

人生是我们自己的，你如何面对每件小事看似不重要，但每件小事会由此产生所有的情绪，你的念头以及你的观察，这些都是你自己可以主导的。

人生就是一面镜子，你怎样在镜中表现，现实生活就会给你怎样的回馈。

今天这4点感悟来自36岁的张萌的思考，它是一篇真挚而发自肺腑的复盘与反思。

第七章 做一个生命体验者

当然生日最应该感谢的人是我的父亲与母亲。如果没有他们当年的结合,就不会为世界诞下这样一个生命。如果不是萌妈怀胎10月,忍受了巨大的煎熬,就没有今天的我。

36年前的今天,萌妈在产房诞下我的那天,一定是她内心惶恐不安的一天,但一定也是她幸福无比的一天。1986年5月16日,在一个陌生的病房里,我们成了彼此生命的重要转折。

感恩母亲给我生命!

所以,在生日到来的这一刻,我应该好好感恩自己的母亲。感谢萌妈,谢谢你把我带到这个世界,我也不会辜负你的一片心意,一定将自己的所有光和热贡献给这个社会,去做更多力所能及对他人有价值的事情。

期待我37岁的文章,也与你一起共勉。

有野心的女性真的会发光

假如把全世界的时间和金钱都给你，你要做什么？

读《心流》时，书中讲到一个小故事。意大利的川达兹桥村有位76岁高龄的老太太莎拉菲娜，她每天清早5点起床，为母牛挤奶。她煮好多份早餐，整理好屋子以后，或放牧，或照顾果园，或梳理羊毛。晚间她可能看点儿书，讲故事给曾孙听，或为到她家开舞会的亲朋好友演奏手风琴。这是她最大的乐趣。

作者提了一个问题："假如把全世界的时间和金钱都给你，你要做什么？"莎拉菲娜笑了起来，把上面的话复述了一遍："替母牛挤奶，赶牲口去草原，整理果园，梳羊毛……"

如此简单的生活，让人很向往。这个人活得如此通透！我想起一个友人对我说过，他的梦想是到云南生活，包一片茶

第七章 做一个生命体验者

园,每天种茶喝茶,此生就会很幸福。但他说这话的时候,儿子还在读小学六年级,这个阶段他确实没法儿实现这个梦想,他说自己至少还要等 6 年。不过他心中已然种下这个梦想,且他为这个梦想设置了一个倒计时。

我问了自己同样的问题:假如把全世界的时间和金钱都给我,我要做什么?

我一定会回答:"还是老样子。每天充满热情地工作,写作,打拳,陪伴家人,与爱人相依。"

生活的魅力就在于它的不确定性,每一刻每个人都会遇到困难、挑战与机遇,当然也会伴随一些快乐与甜蜜。但它们终究还是不确定的。就像你走入一个高墙迷宫,不知道出口在哪里,但迷宫处处有花,有歌声,有路障,也有坑坑洼洼的泥泞;但不论怎样,只要你坚持,最终都会走出来。

最初从学校出来创业那会儿,我已经习惯于一切的确定性,比如努力学习就等于好成绩,用心付出就等于奖学金,做一个好女儿就等于父母喜欢。可当我离开学校时,我才发现人生的不确定性:做企业,经济周期会改变,之前做好的计划要随时为之调整;做事业,奋斗在你身边的人会变,刚开始为情怀奋斗,随后就可能要为现实状况做出违背自己价值观的事情;情感道路上的另一半也会改变,说好的事情、做出的承诺都可能在一夜之间被废弃。大调整、小改变就是人生，人算不如天算，3年疫情更是让很多人的人生计划随之改变。

2019年我申请了哈佛大学商学院，2020年被录取。随之而来的疫情，让这个确定好的日程发生了改变，我每年4月都要做一次延期申请，在解封的第1年，终于上课成功。当我终于坐在哈佛课堂，我已经从34岁到了37岁。当初申请学校时填写的企业资料，其中有一栏是商业模式，3年多来，我自己企业的商业模式一轮轮地迭代，组织架构也不断调整，人、货、场重新优化，资源重新配置。2023年的我虽然还是那个我，可我的企业已经不再是2020年时的样子。我坐在教室里百感交集，当初那个跟我一起申请这个项目的好朋友，我们一起收到的录取通知，本来打算一起来读书，而今他的企业受到重创，已经不是当初的样子。但我们又都充满感恩，能在变幻莫测的商业世界存活下来，真好！

确定与不确定，并不是一种对立，而是一种共融。确定中含有不确定，而不确定中也有确定的部分。每个人都会走完这一生，这是确定的；你会遇见谁，这是不确定的。

记得有次一个访谈节目问我："如果你有一个水晶球，可以预知明天的事情，你想不想要？"

我一定不想。如果知道自己人生迷宫的出口在哪儿，岂不

第七章 做一个生命体验者

是连一局游戏都没打完就知晓结局了？如果人生注定是光芒万丈，是感受光芒万丈的那刻更加美好，还是细细品味走向光芒万丈的那刻更有乐趣？比如吃饭，它的最终结果是吃饱，可吃饭的魅力不在于吃饱，而在于味蕾的满足，或是与有趣的人一起分享美食的乐趣，这当然也是一种美好的体验。

相比结果上的完美主义，我更欣赏那种过程中的完美主义。过程中的淋漓尽致，总能让我尽情地体验生命的乐趣。今年夏天我陪家人在日本伊豆休假，住在海边酒店。我们赤脚走在沙滩上，慢慢走向大海，下半身浸泡在海水中，感受海浪。这时海浪追赶过来，拍打在身体上，消失在海岸线。我们并排站在大海中，海浪一排排涌向我们，有的浪花表面平静，但打到我们身上的时候却出奇地有力；有些远观呼啸翻滚的巨浪，接近我们时却风平浪静。我们一轮轮感受浪花，一次次尖叫与扭身。平日看来，这是一件幼稚至极的事，但与家人一起，就会觉得它很有趣。看似平平无奇，家人一起做就充满乐趣，这种记忆相当浓郁，像一杯浓缩咖啡。即使多年过去，与家人一起快乐生活的记忆，对一起迎接海浪的记忆片段总有美好的回想。后来每当看到浪花，我总能想起家人团聚时刻的欢愉。这件事无法用结果主义衡量，过程美好，让人难忘，这是属于过程主义者的满足。

不光是在家人团聚时刻，在工作中更是如此。前些年我总

有野心的女性真的会发光

在《非你莫属》栏目上招聘,有些候选人会抱怨上一家入职的企业没把自己放在一个合适的位置,明明自己能力很强,却将自己放在一个很不重要的岗位,导致自己碌碌无为。想想看其实也不尽然,在一个平凡的工作岗位上,做的工作可能大都是重复性的。工作本就是"借假修真",任何一个工种、任何一个行业都是修炼自己的道场,而自我修炼、自我完善才是真。工作的过程并不会让一个人多获得什么——这句话本就是结果主义者的思考。当一个更美好的自己在几年后诞生时,也许一个人就会对自己付出巨大却无所得而感到释怀。毕竟,放过自己才能更好地拥抱未来,在每一段人生之旅上都拼尽全力,对结果不苛求也是一种人生态度。

还记得年初与一位哲学家直播连麦。他是研究中国哲学的专家,他研究了20多年老子、王阳明后,悟出了一个结论。他问我:"一个人应该更关注过程,还是结果?"我答:"我是过程主义者。"他接着说:"如果我们的人生更关注结果,在做事的时候是无法 all in 的,你必然会分散精力。而在做事的过程中分散精力,怎能有十成的把握取得你想要的结果呢?"

我在手账上写下了一句:"过程中淋漓尽致,结果上顺其自然。"在后来的人生中,我把这句话当成了座右铭,与你共勉。

第七章 做一个生命体验者

创业 9 年是一场自我探索之旅

2013 年,我开始创业,周围的人都不看好,当时的我也说不出为什么一定要选择创业这条道路,但冥冥之中,我知道自己做了正确的选择。

人类很有趣,一个是显性意识,另一个是潜意识。如果理性评估手无缚鸡之力的我,按照显性意识来理解当时 20 多岁的我,就应该选择找个地方上班,稳稳地活。但冥冥之中,我走上了另外一条道路,一条我自己都想不到的路。

尼采说:"成为你自己。"

"自己"到底是什么?

人群中,愿意花时间探寻自己的人少之又少。大部分人遇到事情通常会选择向外求,向身边亲朋好友、专业机构求教,摄入大量信息，让自己始终处于忙碌的状态。看似这个问题解决了，但其实是被忙碌给遮蔽住了。一个人的"忙"似乎可以解决很多事情：分手时，忙碌可以转移你的注意力；家人离世，忙碌可以让我们暂时忘掉悲伤；疫情下就业艰难，忙碌可以让你不思考就业问题……

但忙真的可以解决问题吗？

忙是一个伤口的结痂，貌似伤口愈合了，可这痂下面有很多脓。问题只是被遮住看不到了，不是永久看不到，只是暂且看不到。没过多久，痂会掉下来，脓依旧会流出来。

创业第8年，我遇到了许多困难的抉择：生与死，去发展还是停留在舒适区，自我否定还是接纳……每一刻，我的内心都在受煎熬，但又无比幸福。

煎熬与幸福，看似是对立的，可在我看来，没有煎熬就没有幸福，更准确地说，煎熬与幸福是共生的。那么幸福是什么？

幸福是人生的价值。在人生的旅途中，一个人会经历很多风景，但遗憾的是，走到终点那刻，一个人无法带走任何风景。你会经历很多，你也会忘记很多，唯有将风景都融于内心，让内心丰富而美好，让它充盈起来，让经历成为你的财富，装在内心，这是人生旅途从起点到终点那刻你唯一能带走的东西。

孔子说："朝闻道，夕死可矣。"苏格拉底说："未经思考的

第七章 做一个生命体验者

人生不值得一过。"释迦牟尼说:"不知正确的教法而活百年,不如听闻正确的教法而活一日。"这都是直指内心、探求自我的真谛。

9年来,我们一直在践行社会教育的工作。我不太喜欢用"职业教育"这个词,职业教育是偏向技能的,如解决生存的技能、某一项职业技术。我认为,在教育工作中一直以来缺失的是对自我探索的启蒙教育,即让人发现此生的价值与意义。

多数人喜欢跟风,跟随别人盲目地选择,到头来发现自己活得并不幸福。如果说幸福是人一生的追求,那么什么是幸福,怎样去定义幸福就至关重要。可在成长过程中,如果我们都没有深思过如何才能过得幸福,以及如何收获幸福,那就无从谈起一个人到底过得幸福还是不幸福。

"助力青年找寻到自己对幸福的定义并构建一种全新的生活方式"成了我创业第9年思考得最多的主题。这种幸福不必在他人眼中得到相同价值水平的认同,它的最终认可人应该是你自己。作为一个成年人,我们绝对有权利给自己定义一种幸福的标准,而我们会花费一生的资源来构建这种幸福的模式,并为这种幸福状态不懈追求。通过慢慢达到这种幸福的状态,我们收获了人生的自信与生命的价值意义。

去年年底,我父亲突然癫痫发作倒地,不省人事。他当

有野心的女性真的会发光

时正在工作现场,被送往医院后,查出了脑部的问题,连续一周进了两次ICU,全家惊慌不已。他以前是一个拒绝进医院的人,就连每年体检我都要威逼利诱,他才肯进去检查身体,常年高血压、高血糖他也坚决不用药控制。他并没有自学医学知识,只是凭借着意念与对自己身体的假设活到了70岁。

当我冲进病房看他的时候,他已经没有了往日的风采,连几颗门牙都摔掉了,手臂上全是勒痕——他不希望被困在医院,想要回去工作,医院也没办法,只能把他绑住。那段时间我和妈妈遭受着内心的煎熬,除了关注爸爸的病情发展,我每天还要陪我妈聊天聊至少两个小时。

每年年底都是青创最忙碌的时候。当时临近跨年,我一方面要在北京指挥工作,每天忙到深夜;一方面又要远程"监控"家里发生的一切。现在回想起来,那段时间我都不敢哭泣,怕泪水耗损了我的力气,我需要顶住,就算天塌了,还有我。我也不敢闲下来,怕任何一个空闲让我溜到崩溃的边缘,我需要挽救局面,就算是最坏的结果,也要带头承担。

就在那时,我拥有了一项神奇的能力——我可以抽离自己的身体,站在旁边一米处去近距离地观察我自己。被抽离出的我就站在一旁看这个叫作张萌的女性她所做的一切,我看到那个疲惫不堪硬撑着的自己还在计划着每一处工作细节的实施,

第七章　做一个生命体验者

在年底跨年大课到来之时，认真地准备着自己三天课程所要讲的每一处内容，看到了自己站在舞台中央与同学们分享时的心无旁骛；也看到了在陪伴妈妈的时候我握着她手的那份认真，看到了自己为爸爸制订康复计划的殷切，还看到了我们家庭读书会的时候妈妈红着双眼感动不已。

我觉得，我就是个了不起的自己！

前两天在为学生们讲"财富高效能"课程的时候，在第一天课程结束后，我习惯性地拨通家里的电话，准备跟爸妈聊聊刚过去的一天。这一天很不寻常。我拨通电话后，听到我妈电话那边嘈杂的声音，我妈哭着说："萌萌，你姥爷去世了……"

"妈，你在哪儿？"

"我在回丹东的路上，马上就到……"

"妈，我也要回来，你等我！"我的眼泪夺眶而出。

"两天后姥爷出殡。欸，你是不是给学生上课呢？"

"妈，我稍后打给你。"

我的确需要给学生上课。"财富高效能"是一门三天的课程，今天只是刚开始的第一天。我该怎么办呢？我很爱我的姥爷，小的时候，是他把我举得高高的，让我当了小公主；而且他是一个很正直善良的人，我那身正气就出自我姥爷。听到这个噩耗，我好久没有回过神来，有些怔住了。我该怎么办？我有我的职责，1000多名同学，1000多个期待，我的学生中有的人期待这门课期待了一年的时间，终于等到了现在；有的人正在面临职业的重新选择，希望通过这门课找到选择的依据；有的人生活得并不幸福，不知道怎样才能找到内心的平静。课程刚进行了一天，如果我选择回去处理家事，就会辜负对我信任有加的学生们。

然而，我爱的姥爷，我也要回去见他最后一面，这是我们此生能见的最后一面了！还记得今年最后一次见姥爷是在春节，他很开心地告诉我他获得了"光荣在党50年"的荣誉勋章，还夸我也一直在努力做着对社会有价值的事业，他以我为荣。他多次跟我妈说过，"我们生这个孩子，要当作为社会而生为社会而养的"。可如今，如果我不回去，岂不是连他老人家最后一面都见不到，我终生都会后悔……

生活总会时时刻刻给我们两难的选择，而一个成年人必须立即做出选择。这时，那个神奇的能力又再次出现在我身上，我从这个迷茫无助的"我"的身上抽离出来，站在更远的地方去看待这个局面。

"不如，我们问问姥爷，他希望我怎么做？"这个旁观者冷静地说。我听到了她的声音，瞬间明白了，如果姥爷在世，他绝对不会允许我回家，他一定会要求我坚守岗位，尽职尽

第七章 做一个生命体验者

责,甚至要拿出比之前更棒的精神头儿为同学们上好课。我笃信他百分之百会这样选择。事实上,他这辈子一直在以这样的方式来支持着儿女的事业。

"好了,如果不回去,坚守岗位,今晚你还能做点儿什么?"那个旁观者又开口了。

我还可以做两件事:一是为姥爷写一篇讣告,姥爷走得很急,之前没有迹象,讣告肯定没有准备;二是家里现在肯定要乱成一锅粥,我需要给妈妈打电话,帮她一起梳理处理事情的思路,尤其是跟我姥姥对话的思路。姥爷离去,我们也需要把关注点放在姥姥身上。

后来我连夜为姥爷写了讣告,联系媒体发表;跟妈妈沟通了与家人沟通的思路,一步步把所有事情做好。白天的我,像往常一样登上讲台,似乎什么都没有发生,甚至没有一个人觉察出来。只不过夜晚的我,一直哭湿了枕头才入眠。

创业第9年,我一直处于一个被意外放电而后又拼命充电的过程:有过"高光时刻",也有过低谷时期,两种状态一直在我生命中交织出现,前一刻把我带向巅峰,随后又将我摔向谷底。可我深知自己会变得越来越厉害,自然是越挫越勇,在生命中不断迎击困难与挑战。生活还需继续,天道还在运行,这个世界也会变得更加美好,一个小我要顺势而为。

有野心的女性真的会发光

疫情悄无声息地进行到了第3年,青创也在这3年间不断壮大,蓬勃发展,当然发展的代价就是不断接受新的挑战,遇到新的问题。如何创造一种全新的青年就业形态,赋予年轻人找到自己人生蓝图的方法,增强自身的就业技能,让他们在哲学积淀的基础上来重新看待社会与自我,发掘机遇,迎接挑战。青创是一个新事物,虽然有很多前辈试图推动新就业形态的发展,但也有很多人因为各种各样的原因中途放弃。而青创坚持做到第9年,不忘初心,不断坚持,是因为我们始终认为,这个初心是符合社会发展需求的,是符合天道理论"损有余而补不足"的。而让年轻人就业能真正地站起来,一定是通过自身悟出奋斗的真谛(而不是被领导要求或家人施压),了解自己要做一个怎样的人,需要什么样的技能,在社会中担当什么样的职责,并投身于社会实践中,拼搏进取,做一名长期主义者,才能真正成就美好的未来。

青创要做的事情不是一蹴而就的买卖,而是一项大事业,需要拥有理想与情怀才能坚持如一,需要不断突破不断自我更新才能持续引领,需要精诚所至团结拼搏才能形成合力,需要持续奋斗从不松懈才能推动事业发展。

"青年强,则国强"不是一句口号,而是扎扎实实的行动。在中国有这样一群人,一直在为这样的梦想而奋斗,他们

第七章 做一个生命体验者

就是青创人。

谨以此篇文章纪念我创业 9 年，句句真言，期待 10 周年的到来！

回看 20 多岁刚创业时的自己，不由感叹：持续努力的人生，真的会发光！

有野心的女性真的会发光

写给创业者

创业10年,恍如一场梦。这期间起起伏伏,几次生死攸关,总觉得自己像一个溺水的人,一直在水中浮沉,时而挣扎,时而纠结,但奇迹也会发生,坚持总能得救。如果说痛苦时有解药,那"坚持"就是万能的。每当忍受着挑战困难的巨大压力的时候,你还要继续带领团队奋斗,作为创始人,你绝不能倒下。"血条"掉了大半也要继续"装作"活力满满再来一局,即使生死不定心中也要预设成功,活在一种自我编造的神话之中。

这个过程无法用语言描述,总之它很神奇,我总会感觉自己生活在两个世界中:一个世界是既定世界,它在持续稳定地发展着;另一个世界是新闯入的明日世界,其中有机遇,但更多的是挑战。那种分裂感最初是很折磨人的,如果你与它共存

第七章　做一个生命体验者

一段时间后，它就会开始转为一种多巴胺爽感，如果继续坚持一段时间，它就成了充溢着内啡肽的满足感。这十多年来，在每个人生阶段，我带着双重人格披荆斩棘，我心中只有一个信念——要活着，这比什么都重要。

总有人问我："作为一个'女性'创业者，创业之路会遇到一些困难……"我很不认同这种提问方式。做企业，没人会因为你的性别因素选择你，在正常情况下，你的业务能力就是你的生存之道。做企业，每天处理各类问题，两种性别当然会有各自的优势，也会有它的局限性，但更重要的是你解决问题的能力，是你的战略布局眼光，是你们组织的韧性与穿越周期的生命力。

我创业最初从做线下连锁咖啡，到做互联网内容服务，再到进入护肤食品赛道，再到做直播电商，一路穿越，一路猛进，不断验证了一套属于自己的方法论。创业就是成为钢铁侠的过程，任何一个不断穿越周期的创业人，都是一名太极爱好者；既要有面对挫折的勇气，也要有战胜困难的能力，同时还要对"生"有无尽的信念。

即使过了多年，我还保留着一段清晰的记忆，那就是我从线下门店经营转为互联网内容赛道的时候，那是我突破性成长的一年。从想做转型到真正转型的过程我共用了一个月，当时我抽调了4人小组跑新业务模型。一个月后通过每日的业务数据，我拿到了一手数据，看到数据后，结合当时做的大量调研，我当即决定关闭所有线下门店。当时的情况是：我的门店运营良好，有的生意兴隆，有的刚进入装修阶段，有的还在选址沟通中。我没有纠结，虽然互联网的光还没有降临，但那个时候我就能清晰地看到它的存在，我相信我的判断，我做了人生中的重要决定。我一边处理着关店事宜，一边开始搭建新互联网团队，第二天我给老员工开公司业务转型会，我给了他们两个选择：我希望他们跟着我进入互联网赛道，但也尊重很多人想离开的决定。情况很惨烈，只有不到10%的员工愿意跟着我做新互联网业务，想离开的人表示看不懂，也不愿意看，很多人离开了团队。

当时的我不到30岁，既然决定重新再来，就要忘掉过去的一切光环，重新开始。我不是一个轻易做决策的人，一旦决定了便无怨无悔。我拿出了玩命的状态，拼尽全力在新赛道冲杀，幸运的是我拿到了结果。而那些跟我进入新互联网赛道的同事，现在有些人自己当了老板，做的就是互联网业务；而有些人还在传统行业中奔波，疫情那几年最终失业……

创业就是要在对的时间做决策，勇于做选择，敢于打钩和画叉。总活在舒适区是看不到身边重重危机的，只有不断迭代才是人生的终极解药。我总不断给自己"洗脑"，慢慢培养自

第七章 做一个生命体验者

己看到未知的能力，让自己坚信一无所有的人生也能重新再来。创业者无疑是需要乐观主义精神的，我常常说自己是一个悲观的乐观主义者。我的底层色彩是乐观的，我相信世界的美好，也坚信幸福的到来。但我看这个世界的方式是带有批判性思维的，不太愿意选择用同一种思路去看待这个世界，我认为持续创新是企业穿越周期的唯一解药。

作为一名创业10年的创业者，一路以来披荆斩棘，靠团队，靠自己拿到结果，一直想为创业者做一本《创业者手册》，因为多年来行走在创业之路上深感创业绝非易事。我自己的企业自创办以来，一直在向孔子学习，他的"道、德、仁、艺"对创业者有很大的指导性价值。"志于道，据于德，依于仁，游于艺。"这4个角度也是我成长的依据。

一、志于道

创业者要立志高远。孔子的道，既包括"天道"，也包括"人道"。我们开启创业生涯，以创业为契机，找到人生蓝图，并为之持续奋斗，正如《周易·系辞》中的"举而措之天下之民，谓之事业"。

二、据于德

这里对创业者的为人处事提出了新的要求。创业之旅也是做人的过程,我们不光要有梦想,要学习商业世界的规则,更重要的是深刻领悟人性,严守做人做事的准绳,它是我们能走得长远的重要依据。

三、依于仁

仁对内是自我修养,对外是包容一切。有人说,利他是最大的商业模式。而真正的利他者是无法伪装的,需要真心实意地愿意帮助别人成为更好的自己。积善行,思利他,让创业之路更纯粹。

四、游于艺

创业者要时刻做到自我培养。"六艺"包括"礼、乐、射、御、书、数"。现代社会,六艺被引申为对人才的培养。

第七章 做一个生命体验者

既然决定成为一名创业者,那就必须解决"本领恐慌"的问题,最好的方式就是持续学习,做好自我管理,不断进化,才能迭代升级。

不积跬步,无以至千里。成功不是一蹴而就的,前进的道路上荆棘密布,需要耐心,更需要恒心,心怀"坚信坚持的力量"会让我们行走得更坚定。不忘初心,才能到达彼岸。我在2013年创业的时候提出了"渡船理论",创业者的人生是从此岸到彼岸的过程,可以选择过桥,也可以选择渡船。桥的两端是固定的,基于复杂的商业世界,很多事情又是不确定的,桥的灵活性较差,并不符合要求。而船小好掉头,它相对灵活,选船的实操性更强。而更重要的是,渡船上会有一个摆渡人,它就是我们创业路上的贵人,不一定是一个固定的人,也可以是一本书、一堂课、一席话,被点亮的决定性瞬间是我们创业路上的高光时刻,也希望这篇文章可以点亮人生路上持续精进的你。

🥊 有野心的女性真的会发光

与谁同行，决定你的未来。创业路上有伙伴们同行，再辛苦也值得。

第七章 做一个生命体验者

做一个生命体验者

在韩国工作时,我遇到了一个中国女孩儿。小时候她的父母来韩国发展,她随全家一起到了韩国,后来在韩国某家公司做财务工作,离过婚,自己带着孩子。由于工作原因,她暂时做一天我们的韩语翻译。这个女孩做事迷迷糊糊的,走路常把自己走晕了,生活上也照顾不好自己,但她很招人喜欢,因为她很快乐。虽然有点儿迟钝,但那个样子很可爱,她有自己人生的好状态。

我时常想起她来,假想如果自己是她,是不是连一局都打不赢,上来就会输掉人生。但她显然活得那么舒坦,也很自如。

每个人都拥有属于自己的人生版本,或平静,或安详,或舒缓,或幸福。不管是哪种人生版本,都是因为一种坚信或执念，让我们有稳定的人生态度去追求。我对生活的掌控感来源于对失去的恐惧，也许是原生家庭的原因，我总有一种凡事只要做到最好就能赢的执念。因此从小到大，我一直在各个领域争第一，只要我入场，就必做第一。而在追求第一的过程中，我也更好地发现了自我，找到了自我。而今快40岁了，我开始重新思考人生，第一是不是真的很重要？有没有比第一更有价值的事情？

说到人生价值，多数情况下人们会用金钱、名誉、地位、市值、规模这些词来形容自己创造的价值，这些恰恰就是人生观的体现，你到底如何衡量人生价值？

我想到了哈佛大学的教授克里斯坦森，他是企业创新的重要研究者，他曾经写过《创新者的窘境》，这部作品红极一时；然而我更喜欢他的另一部作品《你要如何衡量你的人生》，这本书是他在癌症期间的思考，是关于人生终极命题的反思。

如果我们的生命长度从七八十年缩短为5年，你想做什么？前几年我家里有一位亲属得了胰腺癌，医生诊断寿命不超过5年。在这个场景下，一个人5年后将面临生离死别的场景，而今天要如何规划自己的人生？

一些人会努力思考延长生命这件事，比如以5年换10年，拥有更宽广的生命长度，换取更多与家人互相陪伴的时间。

第七章 做一个生命体验者

但也有人希望提早离去，免受疾病的痛苦，如著名心理学家欧文·亚隆，他太太在癌症去世之前花了很长时间与他探讨提前结束生命的事情，当有一刻她不想再坚持，她希望舒舒服服地离开人世。而她在有限的生命中，与她生命中的至亲挚友多次相聚，将快乐的时光锁进回忆之箱中。

如果我的生命还剩 5 年，我会做些什么？首先，我认为自己的事业给很多人带来了希望和爱，所以我并不会停止企业的运行，而会思考如何用 5 年的时间做到企业脱离我达到自运营的状态。我也许还是会忙碌工作直至深夜，以及工作期间去洗手间都要小跑，这种状态不会有丝毫的改变。其次，父母等家人的问题我是几年前就解决好了的，我不在的情况下，他们在生活上完全有保障，这些已经全部安排妥当。我会不会再去打拳、健身、读书呢？我想答案一定是肯定的，虽然 5 年后我将离去，但我也要美美地离去。

我会做些什么与今日完全不同的事情呢？我想可能是一些获得极致体验的事情，比如去一次南极，看非洲动物大迁徙，在某处修行一段时间……这些极致时刻原本可以在整个生命中去完成，但有时因为太忙而无法提上日程，如果有限生命被压缩，也许会提早做完，让极致体验提前到来。

我也会珍视自己的死亡时刻，如果 5 年后生死离别的时刻到来，我会办一个小小的仪式，将所爱之人请到仪式上，跟他们做人生最后的告别，将最后鲜活的记忆留在头脑中，在此世做最后的保留。待生命终止那刻，一切都不复存在，而我也会变成一个记忆的符号，从他人脑海中鲜活的记忆，直至变成所爱之人嘴角的微笑。那一刻是一个完整的告别。

生命是一项有选择的课题，时间有限，我们要在有限中寻求无限的力量，爱一切人，尊重一切生命的选择，做一个生命体验者。

第七章　做一个生命体验者

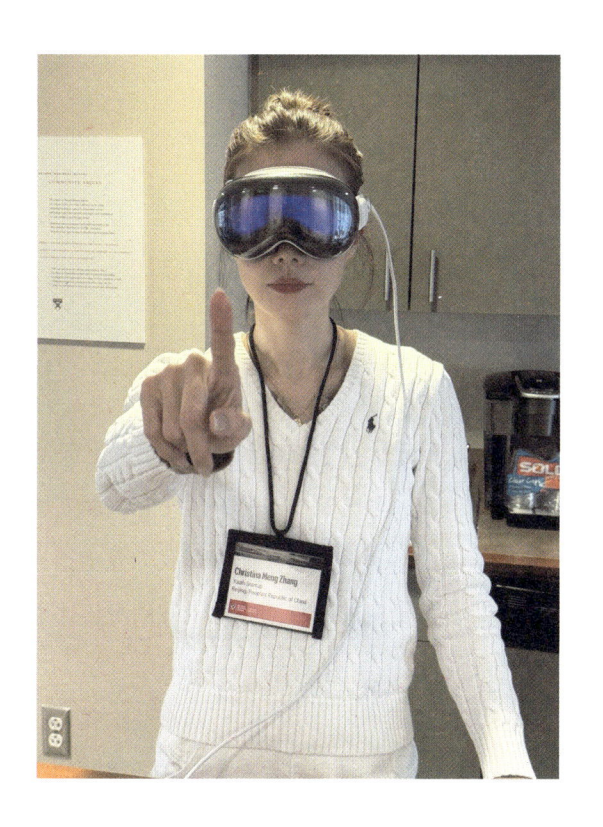

我对新奇事物有无尽的好奇心，*Apple Vision Pro* 在美国刚上市，我就去体验它。

有野心的女性真的会发光

健身经济学

自从我 2016 年开始打拳后,7 年来我感觉老天给我换了一副身体。有一位我大学时期的老师,他常在我朋友圈给我留言,说我是他学生中的骄傲。那天他看到我为爱步拍摄的广告后,看到我每日坚持健身的朋友圈,他说我的身体比上大学时要好多了。

他讲的事情我已经不记得了,大概是有一次我代表北师大去清华大学参加活动,需要我顶着大太阳在一小时的出征仪式上始终举着旗子。然而没过多久,我就晕倒了。

我上大学期间体质很不好,后来创业了,快走几步就会喘,上下楼梯腿都抖。直到后来被查出甲状腺多处结节,我跟自己做了一个约定,自己才康复。后来我不仅做到了,还给自

第七章 做一个生命体验者

己换了一副身体。如果说30岁以前身体是父母给的，我现在的身体真的是自己为自己量身定制的，包括肌肉形态、出拳速度、灵敏度、平衡感、体态，这些都是通过汗水与坚持一遍遍锤炼出来的。在减重二三十多斤，拥有紧实的身体后，我开始了无限传播运动理念的人生。

首先是我的司机，我曾鼓励他去公司健身房参加健身课程，许久都没说动他。终于有一天，他对我讲，他打算买辆自行车，每天来接我的时候改骑自行车，这样自然可以增加很多运动量。他说每天送我健身打拳，熏陶几年后终于想要挑战一下自己，虽然40岁了，感觉自己还是有机会的。第二位是我的经纪人，他随我出国去看展，途中被我逼着买了一个超贵的健身包，在朋友圈立帖为誓，回来第一件事就是找教练开始"撸铁"。接着是我的设计师，我与她合作了几个项目，合作期间我一直鼓励她找专业人士去健身，不要自己突发性坚持，然而又持续性地放松自己。

我有自己的一套健身经济学理论。我一周健身6次，每次90分钟，这样我全年共健身468小时。而法定工作时间每月是21.75天，一年就是2088小时。那么我健身就占工作总时长的22.4%（不算加班）。如果一个人年收入是100万元，假定它是由2088小时创造的，那么一小时工作时间创造478.9元，健身共 468 小时，那么这个时长就可以创造 22.4 万元的收入价值。

一个年收入 100 万元的人，匹配的健身价值是 22.4 万元。当然这里有几个动态要素需要考虑，一是健身时长，二是收入价值，三是工作时长。但这个算法应该可以适用于各类人群。接下来要做的就是，如何让自己的健身配得上一年 22.4 万元的价值。

用投资回报率这个理论就可以算出。想要产生 22.4 万元的收入，一定需要我去做一些投资行为，如时间、精力、金钱等资源。那么我们能为健身的 22.4 万元投资什么呢？

时间意味着稳定的训练时长，精力意味着稳定的训练状态，金钱意味着稳定的专业技能保障（如训练场地、设施、教练、竞赛单元及队友等），这些都属于需要认真策划的，而我有一个原则，即"在能力范围内找最好的资源去合作"。

最好的教练意味着他的学生都是精英，他能以服务精英的能力与态度来参与我健身的每一环节。就像我们企业做产品在选择服务商的时候也是一个道理，在能力范围内找最好的资源，不要迷信"性价比"。我对身边的朋友、同事，皆用此健身经济学来辅助健身思考。正是由于不断在这类思维模式中锤炼自己，我才慢慢在健身这条道路上不断进步。看看自己的技术、线条都按照理想发展的时候，也会有更多正反馈与成就

第七章 做一个生命体验者

感。此刻我想到了一位南京的朋友,当时我参加了江苏卫视的《一站到底》,当天他是项目的执行负责人,那期节目我取得了冠军,尔后我们结下了友谊。有次我去南京开新书签售会的时候,他说来看我。我期待着看到那个胖到220斤的身影。在演讲厅,我听到一个男生叫我:"张萌,张萌——"我眯着眼睛看着他,完全不认识这个人,我就转头忙别的事情去了。谁知这个男生走近对我说:"哎呀,怎么你都不认识我了?"

我不解,这是哪位?结果他表明了自己的身份。

那一刻,我真是觉得世间居然有这样神奇的事情发生,他居然是他,我心目中又黑又胖的他居然如此帅气。我现在想起这一幕都不禁觉得神奇至极。他给我分享了一年来的照片,他每天健身后都用一个桶去拧换洗的衣服,每次都是一大桶水。正是这样一桶一桶的汗水,造就了他非凡的身材。八块腹肌的帅小伙儿让我刮目相看。他能做得到身材管理,还有什么做不到?

我暗自佩服。而他说:"你的朋友圈让我充满能量。我能坚持,完全因为你也在坚持着打拳。"人生成长的道路上,总要有些朋友像星星一样"互相照耀"。

而每当我身边的朋友从超级"懒癌"患者到开始早起,从身材臃肿、三高问题到开始健康饮食,从从不运动、代谢缓慢

> 有野心的女性真的会发光

到健身达人、肌肉好看的状态时,当从厌弃学习到开始拥有自我追求时,我总能收获满满的喜悦。我创业已经10年了,经常有人问我为什么这么拼,我的答案永远都是:我喜欢我做的事业,是的,它是一份事业!

第七章 做一个生命体验者

人生是一场自我探索之旅：
职业拳击赛（上）

生命对我而言，是一场极致的自我探索之旅。太多人以为自己只有一种活法，但其实你有 N 种可能性，超乎你的想象。

想打拳击比赛，源于去年疫情防控期间北京封控，那个时候拳馆都关门了，没法儿训练。我想，干脆把教练请过来，只要我跟他在一起，就可以一起训练。那段时间，做得最多的就是实战训练，在实战训练中，从最早被教练狂打，到开始具有防守与躲闪能力，再到开始还击。成长速度是可见的。突然有一天，我看了一场拳击比赛，那个时候一个奇异的想法油然而生——我可不可以打一场职业拳击赛？

教练说："要做一名 BoxRec 注册的职业拳击手，必须在

有野心的女性真的会发光

40岁以前,你36岁,完全可以去打比赛。"

任洪宝先生是一位很好的教练。一名好的教练必须做到多维度、多方位的精通,绝对不止拳击这一方面的技能。首先,他要有一定的哲学思考能力,尤其是在战略、战术方面的思考。其次,他需要有多年累积的教学、比赛经验,且有自己成功的作品——优秀的职业拳击手学生。最后,他个人的学习能力要很强大,与时俱进,能够不断捕捉优秀拳击手的精华,并将这些精华作用于自己的学生。经常听他讲,他是一个做梦都会梦到拳法的人。他有时会帮我编一套新的拳法,通常是一种很新颖的打法,而这居然是他梦中想出来的。人一醒,就写在身边的小本本上。那个本子密密麻麻地记录了各位拳手的训练思考,他经常把一些拳法放到不同拳手身上训练,去测试战术效果。

打比赛的故事就这样萌芽了,连续发酵了半年多,终于在今年2月,过完春节后我又开始一如既往地训练。我是一名长期主义者,做事持之以恒是我的特点。虽然我选择做一件事的思考时间很长,但一旦决定要做什么,就会当机立断,并把它做到极致。拳击就是这样一件事。

最早训练拳击是在2016年,那时我被诊断出甲状腺多处结节,那是我创业第3年,每天拼命三娘般疯狂工作,虚胖,走

第七章 做一个生命体验者

路喘,有胃病,饮食毫无规律,每天带着怒火工作,与家人的关系在崩溃的边缘。后来,在医生的建议下,我去做了甲状腺穿刺手术,从手术台走下的那刻,我做了一个决定——用半年时间来改变自己。

千万不要小看一个人的决心,当时间通过复利效应累积起来,就会至千里、过江海。

不到150天的时间,我奇迹般地康复了。我做了什么?

其实就是我找到了一项运动,一项自己钟爱且能坚持的运动。我试过很多运动,如跑步、器械、游泳,发现都很难坚持,总会半途而废,直到我找到了拳击。

最早我学习的是泰拳,跟一名菲律宾籍教练训练,他最大的特点是会鼓励学生,让我得意满满。一次,教练生病,我与宝教练相遇。与他只训练了一次后,我发现自己离"好"还差得很远,于是就跟随宝教练来到了M23(拳击俱乐部),见到了真正的好拳击手。

他们大多出身很苦,通过各种途径找到了拳馆,开始了自己的拳击生涯。我的训练时间与这些职业拳击手比较相近,宝教练有时就把我们放在一起训练。

跟优秀的人在一起训练,你会走得很远。最初我最大的感受是体能不足。教练布置的运动任务,他们总可以轻轻松松地完成，而我却难望其项背。看着他们健步如飞、神采奕奕地训练，我更多是羡慕，并暗暗开始追赶。努力的日子，时间总过得很快。2020年，我终于可以勉强追上他们的训练强度，不至于被落得太远。作为一个大众健身者，我起初的心态是：我就是一个大众健身者而已。但随着我减重了20多斤并收获了健康，这些目标我都达到了，我还能做点儿什么？我也没想太多，就继续训练，因为我知道一件事只要坚持，总有意想不到的复利产生。

2021年春节期间，拳馆里一个人都没有，我约教练一起训练，教练说："张萌，你从来都不让我休息。"

没错，我就是那个即使没有训练条件，也要创造训练条件的人。在疫情最严重的时期，教练带着他的拳击手们每天在公园、小区楼下训练，跟跳广场舞的大爷大妈们一起，他们跳舞，拳手们打拳。那个阶段我也从未停止过练习，一刻都没有。因为我知道，优秀的人都在刻意练习，只有自甘堕落者才会随波逐流，找客观原因放弃对自己的要求。

一次训练时，教练对我说："你千万不要说你都学4年拳击了！"我惊讶道："为什么啊？"他答道："打得完全不行！"

那一次我真的很受伤，明明我都这么努力地训练了，怎么还得到如此评价。其实回想我最初两年的训练，一直在解决手脚协调的问题。我是一个手脚很不协调的人，这是教练对我的评价，出左手就忘了右手，顾上了腿就忘记了手。看我最初打拳的视频，我自己都忍不住笑我自己！虽说教练在"客观"评价我，但我当时还是很不开心。我想，还是努力不够。天分不够，只能靠勤奋补足。

2021年，教练带200磅次重量级拳击手张兆鑫去欧洲打比赛，因为来回都要隔离，所以要走很久。这段时间他安排速赢欢教练陪我打实战，那是我人生第一次打实战，最初的画面让我至今记忆犹新。

实战与打靶完全不同。一个打靶很强的人，在实战中可能会无能为力。我傻傻地站在拳台上，看着教练的飞拳嗖嗖打到我的头部，我刚看到这一拳，却又被下一拳打倒。后来吓得我一见到拳就会闭上眼睛。我告诉教练："闭上眼，我就看不到了，看不到我就不害怕了。"

教练怒了，说："张萌！你闭上眼还怎么看拳的方向？你看不到怎么做出反应？不吃拳才怪！"我在2021年最大的突破是敢在拳台上张开双眼。那是对内心恐惧感的自我征服，你明知自己会恐惧，还敢睁开眼睛去看，这是一种勇气。

慢慢地我拥有了一项全新的能力，就是敢睁眼，能看到拳，会看拳，并开始能躲开拳。这是一个巨大的进步，看到拳并且躲开在平时不难，但你要做到"无意识"就非常艰难。什么是无意识训练？你早上去刷牙，会不自觉地拿起牙刷并挤上牙膏，这就是一种无意识。你不需要考虑就能自动触发身体的某种机制。

无意识训练需要千锤百炼。著名心理学家埃里克森教授曾写过《刻意练习》，它讲的是：一项技能如果想达到精通水平，至少需要练习1万个小时。而拳台训练无疑就是一种刻意训练，从敢睁开眼，到看到拳来的方向，到做出反应，或是格挡住对方的拳，或是躲闪开，再到做出还击动作，从单拳攻击到组合拳攻击，其中的每个环节都是一项刻意练习，每个动作都需要练上至少1万次。

千万不要小看一个敢上拳台打比赛的人，那不是一项压力测试，而是台下十年功的检验。以前我看宝教练带职业拳击手去打比赛，只觉得是一件很普通的事情，他们每个人回来后都会消失一段时间，我以为是去休闲娱乐了，直到自己打了比赛才知道，那是一次身体与精神的浴火重生。

从2021年到今天，我有三分之二的时间都在进行实战训练，每次训练后都会跟教练一起观看训练视频的回放，看看自己的问题到底出在哪儿，通过复盘再进行刻意练习。日子就这样一天天过去，我的进步肉眼可见。

第七章　做一个生命体验者

因为找不到适合量级的女拳击手一起训练实战，宝教练一直为我安排男拳击手训练，包括速赢欢、陶忠超、哈斯、张兆鑫、乌兰、阿依波勒等拳击手，都与我进行过数次实战训练。他们中有不同量级、不同身高、不同反应速度的拳击手，但都是拳击中的高手，在跟他们进行训练的过程中，我更好地理解了职业拳击手如何看待比赛。他们对比赛充满着向往，一听到自己可以打比赛，每个人都兴奋不已。那个时候，我好像也是他们的一分子，对比赛无比期待。

一次与乌兰进行拳击训练，那段时间我们的训练频率已经从隔天训练提升至每天训练。对他们来说，打拳是职业，每天这件事最重要；而对我来说，打拳是一种调节，让我可以从工作中抽离出来，缓解我的压力。

我每天下午四五点练拳，一直保持着这个习惯。我早上四五点钟起床，读书写作，到九点半开公司的第一个会议，一直工作到四五点不停歇；整个身体已经运转了12个小时，实在干不动了，情绪调节能力也下降了。这个时候只要来一场拳击训练，所有疲惫与压力都会瞬间消失。于是每次练完拳后，我还会继续工作，一直到晚上九十点，才结束这忙碌的一天。

我经常跟教练讲，拳击带给我快乐，它是我持续工作的充电桩。最早教练特别不理解我这种比喻，可后来他每次看到我蔫蔫地开始打拳,神采奕奕地结束练拳,他就开始说:"嘿,小萌萌充上电了。"

后来我把运动文化带到了公司,从 2020 年开始,公司也装修了健身房,请了健身教练,每天下午 3 点,大家工作疲惫的时候就开始进行集体运动。教练课程是大家投票投出来的前三名课程,且运动时间安排在 8 小时工作时间内。我希望自己的员工能够热爱上运动,不要把运动当成一种负担。就在前段时间的区运动会上,我们公司还拿了第三名的成绩,要知道参赛队员中有我们公司的"60 后""70 后""80 后"和"90 后",他们平时是公司健身课的常客。看着大家身体逐渐好起来,从最早经常生病去医院,到后来调节好了身体,后期慢慢拥有好身材、好心情,我真为自己的这个决定开心!

运动是有感染力的,一个人走得快,而一群人走得远。

就在今年 2 月末确定要参加比赛后,那段时间我的心情仿佛是坐上了过山车。首先是找到刘刚老师,让他做我的拳击推广人。他是中国著名的拳击推广人,像徐灿等世界拳王都是刘老师推广的。宝教练说,刘老师是最懂配拳的,找到合适的对手是一场职业赛至关重要的部分。这次我的对手是 Siritorn Ponpai,她 23 岁,从小练习泰拳,比赛经验非常丰富。更关键的是,她是跟我同一量级的拳手。这实属不易,我不到 100 斤,

第七章 做一个生命体验者

属于48.99kg次蝇量级这一级别,在国内很难找到跟我同一量级的拳手,所以宝教练尽量让一些轻体重的男拳手陪我进行实战训练。想到能跟女拳手对阵,内心有一种兴奋感。知道跟她比赛后,我就开始去看她的一些训练视频,不断研究我的对手。

此外,需要在比赛前,进一步去训练自己。从过去的隔一天练一次拳,到现在每天训练。

每天训练对我来讲真是一种煎熬。前一天训练身体还没有恢复,第二天就要开始继续训练。但这种折磨在第三天居然神奇地结束了,我想这应该是因为自己内心的调试力。

有野心的女性真的会发光

人生是一场自我探索之旅：
职业拳击赛（下）

拳击赛归来，意想不到的事情发生了。

我本以为我可以直接回归工作状态，结果回来当天补了个觉，就浑身酸痛起不来了，嗓子发咸，第二天说不出来话了，第三天就演变成剧咳，晚上睡觉时咳得更厉害，医院就成了我除办公室外最常去的地方。

查急诊，查胸片，查呼吸科，查消化科，查中医……把能查的都查了一遍，也无法阻止我"振聋发聩"的咳嗽声。在人群中，只要我一咳就是连续地剧咳，周围的人瞬间会投来异样的眼光，我尽量避免参加社会活动，即使这样还是持续不断地咳，一直咳到全身疲惫不已，毫无力气。可即使是这样，那段

第七章 做一个生命体验者

时间我也没有停止工作。最难熬的其实是直播,我提前上播跟嘉宾打好招呼,说自己会随时咳嗽,于是那段时间的直播有这样一种画面,只要我在屏幕另一边开咳,就立即闭麦,转头咳嗽,另一头的嘉宾就开始替我顶着,持续输出内容不停歇,直到我咳嗽停止,打开话筒开始输出,直到下一次开始咳。与此同时,评论区的观众都开始说,我们等等萌姐,抱抱她,又开始咳嗽了……这真是一种奇妙的感觉,我不曾体验过。

那个时候,我发现我臀部一片肌肉中连着一条筋形成了规律性阵痛,只要一咳,那片肌肉连同筋就开始抽搐,我咳到直不起腰。我的医生说,她有一个患者,后来都咳到骨折了(太夸张了!),可见咳嗽力量如此巨大。我跟医生开玩笑说,我近期不用练习马甲线了,一咳嗽腹肌就收缩用力,你看,我全天都在练马甲线!果真,一掀开衣服,便看到了清晰的马甲线轮廓。

我终究还是找到了一个暂缓咳嗽的方法,说来很奇怪,它就是拳击。教练陪我打拳的时候,我仿佛忘记了一切,咳嗽也不复存在了。这是我的摄影师告诉我的,她说:"萌姐,你有没有发现,你练拳的时候,居然都没怎么咳嗽!"后来经我特意观察,好像真是这样。除此之外,我再也没有找到任何止咳的方法,包括我最得意的睡眠也深受其扰!每晚睡个一二十分钟，就开始咳嗽不止，把自己震醒，然后接着睡，接着咳，接着睡，终于挨到一宿结束。

到后来，我开始发朋友圈、发微博征集各类止咳方法，都试了一遍，也不见效。无奈之下，有天晚上又要开始剧咳的时候，我把心一横，干脆把所有药物都断掉，试试看到底能怎么样。结果这一夜并没有更严重，反而心里很轻松。

身体是有自愈能力的，可以听到我们内心的声音。于是干脆跟自己玩个游戏吧！我可以假想自己得了失忆症，我这个症状是要求把咳嗽的事情给忘掉，试试看会发生什么。于是我就开始扮演这个失忆的患者。说来真的奇怪，我每天咳嗽的频率真的变低了。我之前逢人就说，请原谅我会随时咳嗽，很抱歉会打断对方，这不断加强了我是一个会咳嗽的人的自我认知。现在我刻意去遗忘我是一个会咳嗽的人。当我从意识上慢慢忘掉我是一个会咳嗽的人，我的咳嗽也慢慢离我而去了。

当我到香港大学去上课的时候，我居然完全不咳嗽了，只是偶尔嗓子发干，但之前那种奇痒无比、无法自制的感觉已经消失殆尽了。

作为本次拳击赛的副产品，我想这也许是意识的美妙之处。当各类医学方法都试尽后，我还可以试试"出厂自带"的方法——利用意识。

第七章 做一个生命体验者

我用ChatGPT[1]搜索，发现了这样一种说法：

"在医学上，有的时候会出现一些奇特的现象，即当患者遗忘了自己的痛苦与不适后，居然出现了康复的迹象，这类现象被称为'遗忘病痛康复效应'，也被称为'心理治疗效应'。具体的原理是：当人们遭受疾病的折磨时，往往陷入消极的情绪，这种情绪会进一步加重疾病的症状；但如果能改变患者的思想和情绪，使其接受一定的心理治疗，便能够通过'心理治疗效应'来缓解疾病的症状，甚至实现康复。"

意识的力量不仅可以用来康复，还可以创造更多价值。

我的偶像本杰明·富兰克林，他年轻时靠自学成为一位杰出的印刷商、出版商，他做事有着坚定的决心和不屈不挠的精神。温斯顿·丘吉尔在"二战"时期，说过一句至理名言："我们将在海滩上战斗，我们将在登陆地点战斗，我们将在农田和街道上战斗，我们将在山中战斗，我们永远不会投降。"美国第32任总统罗斯福患有小儿麻痹症和心脏病，但他一直努力工作直到去世。他们并非天赋异禀，而是会发挥意识的力量。

我20多岁的时候就喜欢毛主席的《心之力》这篇文章，

---

[1] ChatGPT是由人工智能技术驱动的新一代自然语言处理工具，它能通过连接大量的语料库来训练模型，具备强大的语言理解能力和文本生成能力，一经推出便风靡全球。

他认为做事必须保持坚定的信念和强大的意志力，才能克服困难。如果一个人在思想、行动上都具备心之力，那么他就能够在面对各类艰难险阻时坚定不移地走下去。

今年是我做企业的第10年，10年间我来来回回遇到过很多职场人，他们中有的人有着超乎常人的意志力，当别人都选择放弃的时候，他们还在苦苦坚持；而有些人稍微遇到了一点儿困难，就开始放弃，要另寻出路，美其名曰"人生应该多尝试"。就拿培养子女的兴趣爱好来说，有多少父母愿意让孩子一直学习一种爱好，直到学出些眉目；又有多少父母见孩子不喜欢，开始厌烦，就转而学A，学B，学C，学D……不断转变兴趣，最终一样都没学好。与之类似地，人长大后也会沿袭父母的培养模式，有多少职场人不到一年就换一份工作，拿出的简历真可谓"五彩缤纷"；又有多少职场人一直深耕一个领域，直到成为某个领域的专家。

其实"人生应该多尝试"被严重误解了。

"人生应该多尝试"，指的是不偏执，不故步自封，不循规蹈矩，应该兼容并包。这是对那些已经走到偏执道路，忽略了某种可能性的人说的；而并不是对那些一个领域都没试出个所以然，遇到困难还没有寻求解决方法，或者还没有试到足够多的办法，就开始选择逃避或转到其他赛道的人说的。

但遗憾的是,"人生应该多尝试"往往并没有被"偏执狂们"采纳,反而被那些"试验达人"当成了座右铭。

中庸是最难的,需要在两端之间找到一个平衡点。我本人在天平上也确实偏向于偏执端,所以我要提醒自己往另一端走一走。终于,在一个夜黑风高、连续工作16小时的周五晚上,我冲进洗手间,拿起剪刀,咔嚓一下,把我的"法式刘海"剪短了一半,露出我油光灿灿的额头,这个动作我想做很久了,终于得逞了!

有野心的女性真的会发光

我信奉埃里克森教授的《刻意练习》理论,在一定的专业指导下,将你想修炼的技能重复练习1万小时,你也可以成为专家,重复是一种力量。

后 记

这段时间,我一直在思考这本散文集能给读者带来什么价值,写作过程中,我任由思绪流淌,这是我所有作品中第一次没有架构设计就开始写作的,我想试试这种妄为与恣意的效果,也可称它为胡言乱语散文集。其中写的一些内容我在公开场合从不会说,提到的一些人和事之前也都未曾提及。这个过程有点儿像搬家时翻箱倒柜,寻找能够适配新家的家具的过程,惊喜的是我居然翻出了很多埋藏在记忆深处甚至已经转为符号的碎片。有些记忆带着伤痛,现在把它提取出来,还是会让自己陷入一种低沉的情绪。有些记忆碎片是雀跃的,即使事情早已不复存在,但那刻的愉悦已被永久地保留下来。我的首部散文集不曾提及什么道理,但也处处在讲道理,可能是自己讲课多年，不免有些说教在其中，待下一部作品再修正。

写散文的过程是一个自言自语的过程，在茫茫人海里倾听自己的内心，与她推杯换盏。与她对话的过程中充满乐趣，我从另外一个侧面了解了张萌这个人，她是谁，是一个怎样的人，想过怎样的生活，她的人生观与价值观是什么，她的命运将走向何方。她曾积极面对人生种种变故，也愿意接受自己的不完美，她已然是最美的自己。

虽然外界觉得我很忙，但我认为自己的内心世界是闲适的，这种闲适给了我大量的试错机会，也让我总有一种从头再来的勇气。外紧内松，是我的状态。包容、柔软，相信命运的安排，同时我也积极探索人生的种种可能。

希望你喜欢我的生命精华，感恩此生遇到的每个人。过往皆为序章，未来再见。

附 录

写给闪闪发光的你

·当我们把奋斗周期从60岁退休变为一生事业之时,就不会因为近一两年收入下降而倍感焦虑。

·我们无法用数学定理去推导生活中的一切,而那句咒语在此刻就有了效果——"你只活一次"。

·在哪儿其实都能成就一番事业,不要在乎工种,而要在乎行业本身,看你能否从中找到价值感和意义感。

·我拥有了一项神奇的能力——我可以抽离自己的身体,站在旁边一米处去近距离地观察我自己。被抽离出的我就站在一旁看这个叫作张萌的女性她所做的一切,我看到那个疲惫不堪硬撑着的自己还在计划着每一处工作细节的实施。

·事业对我来说是修炼自己的道场,我的很多品格都是在这个道场中变得越发坚毅的,如遇到困难的韧性,如做人做事的格局,如包容与自己价值观不一样的存在,如无条件的乐观主义,如敢于放弃一切从头再来的勇气。

·自 2013 年创业以来,我遇到了很多困难,每次遇到挫折的时候,我就会想到妈妈和外婆,她们虽然生长在不同的时代,但都独立面对了很多困难与挫折,而我一定也可以。

·当更多人愿意与你一起创造价值并不断优化收入分配的时候,且你有心胸让别人比你赚得更多,这意味着你有更多腾飞的机遇。

·女性为什么要平衡?如果我相信生活永远都是一个失衡状态,那么我接受这个事实就好了。为什么一定要在不可能当中选择可能?

·读书、写作和健身是我能掌控的为数不多的事,我只需掌控好我自己,即可在这些不确定性中把握一丝确定性。

·我用了 7 年时间把自己变成自己喜欢的人,我没有将原生家庭赋予我的一切都清洗干净,还保留着自己极其喜爱的"上进""自尊",同时还有后天滋养中形成的"洒脱""果敢"与"放松"。人生是选择活法的过程,也是选择与自己喜爱的灵魂相伴的旅途。